JE LA VOULAIS LOINTAINE

W0364121

DU MÊME AUTEUR

TOUT CE BLEU, Grasset, 1996.
MÂ, Grasset, 1998.
LE CRI QUE TU POUSSES NE RÉVEILLERA PERSONNE, Gallimard, 2000.
CHEVAL-ROI, Le Rocher, 2001 ; Serpent à Plumes, 2004.
LE LIVRE DE L'ALLIANCE (avec André Chouraqui), Bibliophane, 2003.
YAOUNDÉ INSTANTANÉS, éditions du Laquet, 2003.
LE JUIF ET L'AFRICAIN : DOUBLE OFFRANDE (avec Gabriel Attias), Le Rocher, 2003.
LA SALLE DES PROFESSEURS, Le Rocher, 2003.
CETTE LANGUE EST BIEN UN FEU (avec Isabelle Lebrat), éditions du Laquet, 2004.
VOICI LE DERNIER JOUR DU MONDE, Le Rocher, 2005.
À LA VITESSE D'UN BAISER SUR LA PEAU, A. Carrière, 2007.
NOUS, ENFANTS DE LA TRADITION, A. Carrière, 2008.
LE CHEMIN DE CÉCITÉ (avec René Tanguy), Filigranes, 2009.

© ACTES SUD, 2012
ISBN 978-2-330-00276-3

GASTON-PAUL EFFA

Je la voulais lointaine

roman

ACTES SUD

Pour Christine Schweitzer, Titi,
qui a su faire pousser des fleurs
à l'endroit où j'ai versé des larmes.

Je m'appelle Obama, un nom d'oiseau.

Le nom est une réalité nourricière comme la salive. Dans l'ordre supérieur des symboles, il représente la vertu qui maintient en vie. Etre digne de son nom est le souci majeur de l'existence, au point qu'un homme, à toutes les étapes de sa croissance, a besoin de s'assurer qu'il peut, sans risquer de châtiment éternel, mourir, là, tout de suite, s'il porte mal son nom. Tout l'être est dans le nom ; le reste compte bien peu.

Ma nostalgie ne se porte pas vers le souvenir de mon nom d'aigle mais vers l'assurance inentamée de ses significations. Au cours des mois qui suivirent ma naissance, ma mère se trouva confrontée à une question insoluble, à peine formulable, pour laquelle personne n'eût pu lui apporter de réponse. Mon nom, Obama, inquiétait le sens caché en lui. Il appelle un ordre des événements, une attitude particulière face à la vie. Tel est Obama, l'aigle qui, à l'égal d'une puissance, s'empare de l'âme et en tient les rênes. Cet oiseau au bec crochu est le seul rapace qui a le privilège de tutoyer le soleil. Il passe d'un arbre à un autre et connaît toutes leurs espèces. L'aigle vit, dit-on, dans la nuit des hommes.

En choisissant ce nom bien avant ma naissance, les anciens imposaient à mon âme une destinée qui décidait pour moi. On appelle cela le baptême.

Il ne s'agit pas d'une cérémonie chrétienne où Dieu est à l'œuvre pour laver les fautes de celui qui entre dans la communauté des croyants. Nulle part n'est le curé avec sa grande aube blanche qui asperge d'eau lustrale un bébé que l'on accable de fautes qu'il n'est pas encore en mesure de commettre. Pour nous autres, animistes, c'est une façon de placer chacun dans la balance des plaisirs et des peines en lui rappelant que l'homme ne peut rien contre son nom.

Ma mère s'appelait Imah, celle qui est fouettée de feuillages humides. L'aigle avait sucé dans son sein la sève verte et pouvait désormais faire face à l'inattendu. Il est la mémoire des morts, car il a la faculté de voir ce que les autres ne voient pas. Chez les Fangs, une juste prononciation du nom permet de savoir ce qu'il adviendra de la personne, tant au regard du bonheur et des épreuves temporelles que du salut éternel.

Je n'avais gardé de ce nom que sa part d'ombre. Ma mère m'avait raconté que le maître de cérémonie, un vieillard édenté, un peu borgne, accompagné de la sorcière du village, avait fait irruption dans la maison quelques jours après ma naissance. Avant même d'avoir passé le pas de la porte, on lui avait appris qu'Imah avait accouché sans pudeur au bord d'une route et que l'enfant n'avait pas pleuré. Le maître de cérémonie ne dit pas un mot, resta blême, battant sa botte du plat de sa canne. Son accoutrement était dépareillé, une botte au pied droit, une épaule nue, un pantalon dont la jambe était retroussée jusqu'au genou et une cordelette garnie d'amulettes autour du cou. L'enfant lui fut apporté. Il sacrifia une vipère dont il trancha la tête, vida les crocs de leur venin. Puis, il saigna l'animal, but de son sang avant de le partager avec le nouveau-né. Enfin, il préleva la bile, la mélangea avec de l'eau, avant d'en humecter sa langue. Comme si le plus mystérieux et le plus nécessaire de toute vie était touché en passant par cet animal qui se déplace sans éveiller la nature.

Il posa de la cendre sur ses lèvres, oignit son front de venin et répéta par trois fois son nom : Obama, Obama, Obama. Il le dit à voix basse, d'une voix même un peu tremblante, ce n'était pas moins comme si elle remplissait tout l'espace jusqu'à se fondre dans le brouillard qui cachait l'horizon.

La cérémonie était à peine achevée que le féticheur quittait le village, après avoir longuement écouté les chaises, le bahut, les embrasures de fenêtres ornées de peaux de bêtes, témoins du passé qui lui délivraient désormais l'histoire à venir. Le cordon ombilical fut enterré quelque part, au pied d'un arbre millénaire, pour ne plus écouter que les conseils des plantes et des fleurs, antérieur à tout savoir. L'idée que l'enfant n'avait pas pleuré rebutait, comme si le nouveau-né refusait son nom. De mémoire de féticheur, le nom d'Obama devait renverser le destin, il infusait à son âme des grâces nouvelles et il y en avait beaucoup à espérer. Pendant la cérémonie, tandis qu'il susurrait dans une langue inconnue ses bénédictions, l'enfant avait peut-être éprouvé un sentiment de malaise, comme si on s'était trompé de nom et qu'Obama ne répondait pas à ce qu'on voulait lui transmettre. Il écoutait, et les paroles pénétraient en lui aussi profond que l'ombre de la saison des pluies autour de lui. Plus tard, dans la maison, alors que l'enfant offrait, débonnaire, ses risettes, la mère eut la quasi-certitude que le féticheur l'avait plongé dans sa propre nuit.

Je vais bâtir ma vie, je quitte l'Afrique.

— Obama, demain tu iras au-delà des océans, je dois te parler. Là-bas, souviens-toi, il faut observer d'abord, parler ensuite. La bouche du juste annonce la sagesse ; nous avons trente-deux dents, autant de chemins passant la frontière des lèvres.

Ma mère avait voulu m'offrir la sagesse pour viatique. Elle n'était pas riche, mais ses mots à elle renfermaient toutes les attentes du monde. Je m'étais impatienté. Je redoutais de laisser libre cours à mon émotion.

Elle vit mes lèvres trembler, elle murmura :

— Partir n'est rien puisque ton cœur reste parmi nous !

Avec les années, elle ignorait que mon séjour européen ferait d'elle et de tous les miens les seuls êtres que je mettrais jamais au monde.

Je restai encore quelques jours au village en proie à de nouvelles perplexités. Aux questions que l'on me posait sur mes projets de départ pour Strasbourg, j'aurais pu répondre, tel ce personnage de Molière :

Non, je ne reviendrai point, car je n'ai point été ;
Je ne vais point non plus, car je suis arrêté,
Et ne demeure point, car tout de ce pas même
Je prétends m'en aller...

C'était comme un tremblement de terre. L'un des fils ouvrait la porte de l'Europe ; bientôt le reste suivrait. Ivresse, cris, danse, danse, danse. Nous étions relativement nombreux dans la maison, proches les uns des autres comme rarement. Cette nouvelle circulait comme si nous étions pris dans l'air d'une musique étrange. Chacun me dressait une liste de vœux, je pleurais, et personne ne savait pourquoi. Je me disais qu'un lieu nous était imposé, celui de notre naissance ; ensuite à chacun de se persuader de sa bonne fortune. Selon les cas, le départ produit des exaltés, des indifférents ou des irrécupérables comme moi, en un mot, les renégats du futur, ceux que rien ne peut tirer de la fosse commune de l'aube.

Il régnait une activité si intense au village, la maison était la proie d'un tel remue-ménage que le soin d'élever les enfants se trouva relégué au second plan. Les tantes, les oncles, les amis se réunissaient pour converser sans trêve, se répétant au fil des heures les mêmes images inventées sur la France. S'improvisant conteur, l'un des visiteurs demandait si on voulait qu'il raconte l'histoire des rois de France. Si l'on acquiesçait, il disait qu'il n'avait pas demandé qu'on lui dise *oui*, mais plutôt *non*, et quand on répondait *non*, le conteur disait qu'il n'avait pas demandé qu'on lui dise *non*, mais si on voulait qu'il raconte l'histoire des rois de France, il fallait répondre *peut-être*, et si tout le monde répondait *peut-être*, le conteur disait qu'il n'avait pas demandé qu'on lui dise *peut-être*. Ce jeu de la roue pouvait durer des nuits entières, si bien que l'aube du lendemain surprenait tout le village éveillé. Chacun se félicitait de ne point dormir et de voir la robe de la lune s'en aller, vapeur au loin. La joie était telle que les journées paraissaient trop courtes. Les anciens voulaient dormir, non à cause de la fatigue, mais dans le seul but de prolonger leur rêve.

Je pleurais, car en traversant l'océan, tous les espoirs reposeraient sur moi. Ma valise serait désormais le lieu où s'agiteraient l'histoire et les esprits d'une des plus vieilles tribus du monde.

J'en ignore la raison, mais j'eus honte à l'idée d'annoncer mon départ à Lala, la sorcière du village. C'est elle qui bénissait tout le monde avant les voyages. A quoi bon l'informer ? Elle savait déjà que je m'en allais, elle qui lisait dans les entrailles de la terre.

Lala était restée assise dans son fauteuil de paille à fumer sa pipe. Rien n'éveillait son intérêt, excepté les youyous qui fusaient toutes les demi-heures, qu'elle cherchait alors des yeux inquiets comme si elle eût espéré percer leur énigme dans les volutes de la fumée de son tabac. Pendant plusieurs jours, on ne réussit pas à la faire manger.

Dans la salle commune, elle s'éventant avec son foulard noir tout déchiré, en train de lire avec une attention teintée de commisération les signes qu'elle dessinait sur le sol. Quelque chose passa en trombe entre mes jambes, s'arrêta au milieu de la pièce qui se remplit de geignements furieux.

— Regarde ce chat ! Toute la journée et toute la nuit, il est resté introuvable. Il ne reparaît qu'à l'instant. Regarde comme il est sale, farouche, couvert de morsures et de poussière !

Elle s'interrompit un moment, bourra sa pipe, l'alluma, me la passa, cracha dans les cendres dormantes, puis reprit :

— Il m'avait déjà fait ça la veille de la mort d'Elé, ton grand-père. Je ne l'aime pas beaucoup, car il n'annonce jamais rien de bon. C'est un animal obtus, il ressent avec son corps ce qui arrive.

— Je pars en Europe, je ne l'ai pas vraiment choisi.

— Je ne me mêle pas de tes affaires, mais écoute-moi bien, Obama. Tu n'y as pas beaucoup réfléchi. Ici tu es quelqu'un. Le jour où tu débuteras ailleurs, tu ne seras rien du tout, le moindre courtaud l'emportera sur toi. Crois-moi, un Noir qui quitte sa terre est bien peu de chose.

Malgré la fermeté de son discours, je sentais que je ne devais pas lui céder. “Je comprends tout cela, mais je t'en prie, n'essaie pas de m'en dissuader. Je n'ai pas le choix, Lala, c'est l'école qui m'envoie là-bas.”

La sorcière posa sur moi un regard d'abord curieux, puis étrangement fixe, comme venu de très loin. Malgré sa voix brisée par l'incertitude et ses mains qui paraissaient douter de la matérialité des choses, Lala, tout compte fait, rappelait au monde que les hommes pouvaient encore dormir et se souvenir. Elle rapprocha un tabouret du sien et mit sa main sur mon bras. “Ecoute, Obama, je ne suis ni ton père ni ta mère, je suis celle qui veille sur le sommeil des vivants dans ce village. Tu es comme ébloui par le soleil au sortir d'une caverne.”

Le regard du chat noir se figea peu à peu et devint presque vitreux. Aussitôt il se glissa, tout prudent – et presque pensif –, hors de la maison.

— Tu sais, me dit-elle, la larme à l'œil, tu sais, il n'est pas possible d'échapper à soi-même, même en partant à l'autre bout du monde. Le séjour d'un tronc d'arbre dans l'eau n'en fait pas un crocodile.

— Mais c'est justement pour ça que je veux m'en aller bien loin, où tout ce qui existe n'existera plus, où personne ne me connaîtra. Je serai un étranger parmi les étrangers.

Ses paroles étaient un filet qui rassemblait, enveloppait comme un manteau, mais qui n'enfermait pas, n'emprisonnait pas, au contraire ; puisque tous les mots indiquaient un chemin, étaient eux-mêmes chemin, un pas après l'autre.

Elle s'était levée et avait eu un mouvement violent des bras comme si sa robe lui était devenue trop étroite, elle ouvrit une mallette remplie d'objets mystérieux, en sortit neuf flacons. Elle me donna à boire une substance de couleur peu engageante et me bénit. Je vomis de longues heures, sombrai dans un état de prostration fébrile, perdis connaissance : mon cœur s'épancha en divagations. Je me réveillai avec le sentiment d'avoir trahi mes ancêtres.

Mon voyage augurait mal de l'avenir. Les malencontres de toute espèce se succédaient de façon inquiétante. Il m'avait fallu de l'entêtement pour le poursuivre et le mener à bien : pluie, boue, panne de voiture, perte de papiers, mal de mer, rien ne m'avait été épargné.

Enfin, Strasbourg ! La joie me revient. Je suis guéri. Je respire ! Je sens quelque chose dans l'air qui m'annonce une ville littéraire, une ville artiste, calme, aérée, pleine de paix et de rêverie, des alentours charmants, un beau fleuve, mon cœur bat en le parcourant. Quoi ! C'est le pavillon Joséphine ! Voilà le palais U où Goethe aimait à venir prendre part aux doctes entretiens de Schiller. Je n'aimais pas trop Goethe, il était riche, ministre d'Etat, il s'aimait trop, il avait vécu trop vieux, il avait trop peur de la mort. Je levai les yeux, il y avait cette inscription latine : *Litteris et patriae*, ma poitrine se gonflait, je tremblais, écrasé de respect, de regrets et de ces affections infinies que le génie à travers la tombe inflige quelquefois à d'obscurs survivants. Je m'agenouillai auprès de l'humble seuil et, admirant, aimant, adorant, je répétais : Strasbourg ! Strasbourg ! Strasbourg !

Tout était avivé, ce matin-là : la sensation de la réalité du monde, de la merveilleuse réalité du monde dans un moment de rencontre des contraires ; et le sentiment d'une autre chaleur humaine, d'une, oui, je me le répétais, d'une "noblesse" qui rayonnait dedans et dehors.

Tout va très vite en France. Enfant, pendant des heures, je m'enchantais du bruit du vent, du chant des oiseaux, du parfum des fleurs, rien en moi ne se déchirait. Aujourd'hui encore je suis incapable de me rappeler comment j'arrivai au Foyer de l'étudiant chrétien. Je me souviens seulement que mes premiers gestes furent d'ouvrir l'armoire, puis la fenêtre, de regarder dehors, d'ouvrir le robinet, de voir que je n'avais plus besoin de chauffer de l'eau pour mon bain, de le refermer, de tirer la chasse, d'allumer la lumière, de l'éteindre, de tourner la clé, sans toutefois réaliser que cette chambre était mienne.

Un reportage à la télévision, presque insoutenable, m'apprit que, en France, on "fourguait" les vieillards à l'hospice, et souvent, on ne venait plus jamais, ou presque jamais, les voir. "Non, je ne connais pas mes petits-enfants", disaient, avec la résignation de ces éléphants qui, l'âge venu, partent se coucher dans le cimetière pour y attendre la mort, deux ou trois vieilles qu'on interrogeait, "Que voulez-vous, ils ont autre chose à faire". Et d'autres : "Non, ils ne m'ont jamais apporté de vin ou de *bredele*. Bien sûr qu'ils en boivent, eux, du vin et mangent des petits-fours." Puis je me jetai sur mon lit et m'efforçai de réfléchir. Les hallucinations se déployaient comme un boa qui, dans la nuit, surprend et étrangle.

Lorsque vint enfin le sommeil, mon angoisse continua à travailler fiévreusement, devant moi surgit le visage plein de colère de celui que j'avais offensé en quittant ma terre pour vivre en exilé. Je vis ses lèvres tremblantes, ses mains convulsivement accrochées à mes bagages. La porte s'ouvrit et mon grand-père Elé, en costume traditionnel bleu, s'avança vers mon lit. Je me retrouvai par terre, hors de ma couche. Le matin me délivra de ma peur.

Au collège Saint-Etienne, rue de la Pierre-Large, je fus rapidement connu. J'avais d'excellents résultats, les enseignants me témoignaient je ne sais quelle bienveillance qui me stimulait, me soutenait et faisait que, pendant les premiers mois où j'étais en terminale littéraire, je ne m'étais jamais senti vraiment étranger, rejeté par les autres, j'avais tout fait pour vivre à la française, oubliant ma terre noire.

Mais dans ce grand lycée, j'eus bientôt le sentiment accablant que, malgré mes bonnes notes, je n'étais rien. Aux premiers oraux de philo, il avait suffi que dans l'angoisse et l'affolement que les adolescents éprouvent à être "le nouveau", je bafouille "mornitude" pour dire "morne", "essencerie" pour "station-service", pour que le professeur juge que je parlais une langue archaïque. En effet, il me semblait que mon intelligence, à n'être pas reconnue, s'éteignait, que je n'étais plus que cette masse hébétée qui se tassait aux derniers rangs avec l'espoir que, peut-être, on l'y oublierait. En même temps, je souffrais d'une injustice essentielle. Je me souvenais parfois, comme si c'eût été un autre, de cet enfant brillant, vif, provocant, que j'avais été dans une époque encore récente.

Heureusement, il y aura eu ce professeur de philosophie que j'admirais par-dessus tout, Dominique P. Ses leçons, long monologue sinueux, capricieux, imprévisible, comme les tours et les détours où il nous entraînait. "N'est-ce pas ? N'est-ce pas ?" Ou : "Ah ! Vous voyez bien", disait-il lorsque nous approuvions d'un mot ou d'un hochement de tête ce qu'il venait de dire. Commencions-nous une phrase, il ne semblait pas d'abord y répondre directement : "Ah oui ?" disait-il parfois seulement, avec un sourire indéchiffrable, mi-absent, mi-ravi, "Ah oui ? Tiens, c'est curieux ce que vous dites là", il semblait fixer, au-delà de nous et comme à travers nous, je ne sais quel point invisible dans l'espace.

Parfois aussi, il s'emparait de la parole dans l'instant. Un mot faisait obliquer son monologue vers une autre direction, le faisait rebondir, retrouver comme par un mystérieux hasard une idée déjà abordée, sur laquelle maintenant il revenait, qu'il développait, qui s'entrecroisait avec d'autres, s'enrichissait d'aperçus nouveaux qui proliféraient à leur tour en une gerbe toujours plus nourrie, plus dense, plus éblouissante. Comme ce jour où il nous expliqua cette scène de sabbat de *Faust*. Il s'agissait des assemblées nocturnes que tenait sur la montagne, aux premiers temps du christianisme, une secte religieuse, fidèle aux anciens usages, alors même que les sacrifices sur les hauts lieux avaient été interdits. Il m'associait à son cours : "Vous comprenez cette tradition, ce retour au matin du premier monde, n'est-ce pas ? vous qui venez d'Afrique."

Il parlait d'une voix sourde, grave, contenue, qu'accompagnait, dans l'animation ou l'émotion, le souvenir d'une intonation alsacienne. Ses inflexions mêmes épousaient la démarche, un instant suspendue, puis de nouveau assurée, abondante, de sa pensée, ses courbes, ses méandres. On aurait dit, à certains moments, qu'il hésitait et, presque, s'embarrassait pour nous expliquer que c'était de là sans doute, dans *Faust*, qu'était venue l'habitude française d'employer le mot sabbat comme syno nyme de "grand bruit nocturne".

Dans ses hésitations elles-mêmes, imperceptibles pauses au cours desquelles sa pensée reprenait haleine avant de s'élancer de nouveau ou, au contraire, de replonger au plus obscur, au plus enchevêtré de l'être, pour ramener au jour un concept philosophique laissé dans l'ombre, il nous paraissait fulgurer alors d'une lumière inusitée et cependant évidente. C'était comme si, par brusques aperçus, nous passions près de certaines idées sans les comprendre, sans en mesurer toute la valeur. Nous y revenions quelques instants plus tard seulement et prenions alors conscience de ce que nous avions laissé derrière nous de vérité sans lui faire justice.

Dans la cour du collège Saint-Etienne, les élèves disaient : "Quelle heure qu'il est ? Comment qu'on fait ça ? C'est qui qui a dit ? Tu as demandé après moi ? On se voit entre midi ?" Avec l'emploi de telles tournures, quelque chose se mettait à boiter, une secrète discordance rompait l'harmonie d'un monde où, jusqu'alors, j'avais toujours respiré à mon aise, et avec lequel je m'étais trouvé de plain-pied. J'aurais pu penser que ces formes qui me choquaient, plus qu'une simple maladresse de langage, étaient des manières de parler propres à Strasbourg, comme l'accent qui n'était pas plus le mien que le leur. Pas un instant pourtant cette idée ne m'effleura. Je ne doutais pas que le langage châtié que j'avais appris dans mon Afrique natale à coups de bâton était le seul vrai, et la certitude s'ancra en moi que le langage de mes professeurs, de mes camarades mêmes appartenait à un univers qui n'était pas le mien, dans lequel je ne me reconnaissais pas. J'en conclus très tôt que les Alsaciens ne savaient pas parler français et que la France était devenue le pays le moins francophone du monde.

Cette langue qu'enfant j'avais apprise, pas un instant je ne songeai à la renier malgré les moqueries de mes camarades et de mes professeurs, pas un instant je ne doutai d'elle : quelque chose en moi s'opposa sur-le-champ à ces façons nouvelles de dénaturer la langue que j'entendais. J'essayais même en histoire ou en mathématiques de reprendre l'enseignant qui disait *une* planisphère, *du* réglisse, *un* alcôve, je me rappelle *de*, *une* éclair au chocolat, mais, souvent, mes camarades me regardaient avec étonnement, choqués, je pense, de mon africanisme, puis de mon pédantisme, et je ne réussis pas à entamer leur crédulité ni à incliner leurs habitudes.

A midi, à la cantine, je me sentais étranger, séparé. Mes camarades parlaient, riaient, m'encourageaient à manger de la choucroute, moi l'animiste, je ne mangeais pas de porc, et je pestais contre leurs blagues de potaches : *Ce n'est pas du porc, c'est du cochon ! Il suffit d'enlever le porc du chou, le Coran interdit le porc mais non le goût du porc !* Souvent, je me contentais d'un morceau de pain et de fromage, ce qui n'empêchait pas certains de lancer : *Ça fait du bien, le pain, c'est bon pour les intellectuels !*

Un chemin se refermait derrière moi, qui jamais plus peut-être ne se rouvrirait. J'avais l'impression d'avoir été chassé du paradis, jeté brutalement dans un monde qui pourtant passait pour l'Eldorado. Voici que je resterais en suspens désormais entre cet univers ancien, le seul vrai, dans lequel je ne retournerais plus, et cet autre monde auquel un mouvement en moi s'opposait, qui, à la fois, me refusait et que je refusais.

Longtemps, j'eus le sentiment de ne pas appartenir à cet établissement, à cette ville, à ce pays. J'étais isolé, j'étais à part, sans racines. J'étais sur une terre où, nulle part, ma place n'était plus marquée. Du lycée, longtemps, je n'eus d'autre vision que celle de ce professeur d'histoire que nous appelions "Gucht", car son prénom était sans doute Gustave. Ce prêtre capucin avait un faible pour la bouteille et il n'était pas un après-midi où il n'arrivait en cours le pantalon taché d'urine. Pour nous moquer de lui, nous chantions "Ce n'est pas Gucht qui prend le verre, c'est le verre qui prend Gucht" sur l'air d'une chanson célèbre des années 1980. Il suffisait, entre nous, de dire "Ta ta ta", comme un sésame, lorsqu'il passait la porte, pour que tout le monde s'esclaffe. Parfois un "RUINE !", anagramme d'urine, fusait dans la classe, qui le stigmatisait d'un même cri comme une épave. J'aimais Gucht parce qu'il était solitaire et rejeté comme moi.

Il avait été missionnaire en Afrique et me racontait ce continent qu'il connaissait aussi bien que le plus ancien des griots. Il m'invitait parfois dans son couvent et je le voyais disponible dans cette chambre minuscule où les livres disputaient la place aux meubles. C'est lui qui m'apprit qu'en France il y avait aussi des pauvres, moi qui ne connaissais de la misère française que l'image édifiante que m'en donnaient les ouvrages de la comtesse de Ségur, du jardinier respectueux de *Pauvre Blaise*. Un jour, il me présenta une femme résignée, usée par une douzaine de grossesses, et qui demeurait pendant des heures, prostrée sur une chaise dans le jardinet du couvent, sans trouver la force ou le courage de se relever, ou encore ce clochard aigri, coléreux, qui passait des heures à vociférer, autant de figures qui oblitéraient en moi le cliché d'une France radieuse où tout le monde était heureux.

Puis il y eut ce sentiment de chute ou de retranchement que j'éprouvai cet après-midi de printemps où le surveillant général nous annonça que Gucht ne ferait plus cours car il était mort. Tout le monde avait pleuré. Moi plus que les autres. J'avais quitté l'Afrique, après mon grand-père, c'était au tour de Gucht de m'abandonner. S'il me fallait faire un effort d'imagination aujourd'hui, ce serait non pas pour évoquer des images à peine affaiblies, mais au contraire pour concevoir que Gucht et mon grand-père mort n'avaient fait que me donner l'illusion d'exister.

Le collège Saint-Etienne n'était pas mixte. Nous allions au lycée des Pontonniers tout proche retrouver les filles, ce qui ajoutait à leur présence la qualité des choses inatteignables. Des billets, parfois, circulaient, des plaisanteries obscènes fusaient quand, à la récréation, elles traversaient le pont de l'Ill pour nous rejoindre. L'une d'entre elles passait pour être la "petite amie" de l'un d'entre nous, et bientôt d'un autre. Il demeurait entre garçons et filles comme une frontière invisible et infranchissable qui empêchait de se rejoindre, comme si le courant de la rivière séparait les sexes. Les garçons restaient à la fois grossiers et timides, les filles moqueuses, distantes et provocantes.

J'étais amoureux d'une jeune fille aux traits fins, à la lèvre un peu mordue, dont les très longs cheveux noirs retombaient sur les épaules en bouclant quelque peu. Gaie et dorée, elle portait une tenue de tennis blanche que j'avais remarquée dans la cour au milieu d'un groupe. Je n'osais pas lui parler tant ma timidité était grande, tant je craignais qu'elle ne se moque de ma langue précieuse et vieillotte. Je m'appliquai : "Tu as des yeux obscurs aux clartés de miroir", au moment où les autres garçons osaient : "Je suis morgane de toi." Bien parler pour déclarer sa flamme, je savais que cela était un peu ridicule. Je vis bien vite le succès que remportaient ceux qui avaient un langage de cuistre, et moi je n'osais pas démêler si son sourire était un signe d'encouragement, si elle était sensible au sentiment qui m'emplissait et qu'il me paraissait impossible qu'elle ne lise pas en moi, ou si au contraire ce sourire était de raillerie.

Je commençais à écrire pour elle des poèmes que je recopiais, j'étais bien résolu à me montrer plus entreprenant : "Je fais souvent ce rêve étrange et pénétrant" ou encore : "Laisse-moi respirer longtemps, longtemps l'odeur de tes cheveux." Ces poèmes me donnaient l'assurance qui me manquait tant mais tout retombait, car Caroline montrait mes productions à ses copines et l'admiration initiale de ses camarades se changeait en un sourire narquois, dont j'enrageais. Ils me pressaient d'agir, curieux, je pense, de voir comment je m'en tirerais. Ce rôle d'amoureux transi ne me satisfaisait guère et je me lassais vite de ces attentes, à la sortie du collège ou dans le jardin des Contades, qui ne menaient à rien.

Un jour de mai, je vis une copine qui riait aux éclats en me voyant arriver. Répondait-elle seulement à quelque chose que sa voisine venait de lui dire ? Doutant de moi, sensible comme je l'étais au moindre signe d'amitié ou d'hostilité, j'eus tout d'un coup la certitude que c'était à mon intention qu'elle riait ainsi, qu'elle me signifiait par là que ma langue trop précieuse n'avait aucune chance de réussir jamais à me faire aimer d'elle.

Dès ce moment, comme plus tard ils devaient le faire, il arrivait que mes camarades me donnent de naïfs conseils de stratégie amoureuse, à la fois roués et conventionnels : "Il faut parler verlan", me disaient-ils, et aussi : "Les Noirs sont trop retenus, tu devrais être un peu plus démonstratif, les filles aiment ça." Il suffit de cette déception, ou de cette brûlure d'amour-propre, pour me résigner, me dire que je n'avais pas le genre "beau ténébreux", qui plaisait apparemment à toutes, et cela ne manquait pas de m'inquiéter.

Mon premier hiver. La neige partout, et sur la route, où ne passaient que de rares, de lentes voitures, le miroir brillant, sournois et lisse du verglas. Curieuse, tout de même, cette envie qui m'avait saisi, aussi imprévue qu'une envie d'enfant, de manger la neige, de la presser, de me frotter les bras, le visage, les cheveux, en faire des boules, des personnages. Curieux d'être dans cette grande ville étrangère, à l'autre bout du monde, où la sensation me venait qu'un jour j'apprivoiserais le froid.

De toutes les terres. L'Alsace. Ce mot qui me frappait. Comme nous sommes distraits, parfois, quand nous habitons une région, une terre, quand nous y vivons, quand nous apprenons à l'aimer sans prendre d'abord la peine de le lui dire, de le lui chanter. C'est la lente et inaudible coulée de la neige qui nous rend attentifs à cette beauté singulière. J'apprenais à aimer les mots rugueux de l'alsacien, les comptines, les chants traditionnels, *Reihe Reihe rose scheni aprikose... Der Hans em Schnokeloch... Ritte ritte ross em Bansel ech a schloss... em Bansel ech a Herre Huss, don leuje scheni maidle russ...* qui me reviennent, jaillis de mon cœur mis à nu, comme si j'inventais, dans la musique des mots, l'évidence de mon identité d'exilé : une sorte d'aumône, mais sans condescendance, une sorte d'offrande, mais hors rituel.

De longues minutes dénouées à rêver. Il ne s'agissait pas à proprement parler de rêverie – je rêve peu sans doute, comme je dors peu –, mais d'une sorte de dilatation heureuse de mon être. L'Ill coulait sous une mince couche de glace : un miroir où l'on voyait autre chose que son visage. Ce n'est qu'à de telles minutes que, comme Pierre et Natacha, dans *Guerre et paix*, le bonheur est immédiat et emplit le regard des amoureux, pour devenir entièrement, directement communicable.

En déversant sur moi sa longue plainte monotone, cette première neige avait détruit, une à une, toutes les images que l'on avait formées dans l'enfance, celles des dictées qui parlaient de l'hiver. S'il en était une, c'était sûrement l'attente du moment où ma peau deviendrait blanche. Les Strasbourgeois, eux aussi, si nets, si proches ce matin, semblaient méconnaissables, comme absorbés par cette poudreuse qu'ils piétinaient.

Voilà donc comment il peut arriver que sous la neige s'entretissent le visible et l'invisible, les choses de la nature, les bêtes, les êtres humains, vivants et morts, leurs paroles, anciennes ou nouvelles, ainsi que le chagrin et une espèce de joie.

A ce moment, je me disais : "La neige ! la neige !" et tout en moi répondait au plaisir comme à une femme aimée à qui je donnais rendez-vous. Aussitôt, je me lançai à moi-même : "Pourquoi suis-je ici ? J'ai laissé derrière moi les beaux ciels et les soleils d'Afrique !", c'était peut-être là le cri le plus tragique, qu'un étranger puisse pousser, le plus tragique et aussi le plus inutile, le plus stérile, en somme.

La classe de terminale littéraire avait le privilège d'avoir la seule prof femme du lycée. Mme S. nous enseignait les mathématiques. Nous lui trouvions quelque chose d'ondulant et de masculin à la fois. Derrière son dos, nous nous moquions de sa voix suave, de sa coupe en brosse et la contrefaisions avec des rires. Tout ce qu'elle pouvait faire ou dire nous excitait secrètement. Elle commençait une phrase : "Même en maths, il y a deux mémoires : la mémoire visuelle et la mémoire…" nous terminions pour elle : "… sexuelle !" Nous tenions les propos les plus grossiers et affections un affranchissement que nous n'avions guère.

Curieusement, la sirène d'alarme sonnait presque toujours quand nous avions Mme S. C'était là pour nous alors un jeu, un divertissement, dont nous étions déçus s'il se passait quelque temps sans qu'il nous fût accordé. Nous sortions en tumulte dans la cour, avec des plaisanteries, heureux d'échapper aux mathématiques, en priant en secret que l'alerte se prolonge assez longtemps pour nous permettre d'atteindre la fin de l'heure. La fin de l'alerte sonnait-elle, nous poussions alors un *oh !* hypocrite et déçu.

Elle portait une blouse blanche, ouverte en pointe, qui découvrait la naissance de sa gorge, ce creux entre les seins où se coulait une croix d'or au bout d'une chaîne. La blouse reposait sur une jupe écossaise qui descendait jusqu'aux genoux. Par jeu, nous visions sous sa jupe, bombardant ses genoux de boulettes de papier buvard rose préalablement mâché qui s'écrasaient contre le bureau avec un bruit mou suscitant l'hilarité générale. Mais elle ne se rendait compte de rien ou faisait comme si. Elle souriait à demi, on aurait dit que ses lèvres mêmes étaient gonflées et il y avait dans son regard je ne sais quoi de son expression qui avait changé. Ces jeux, ainsi que nos propos grivois, étaient pour nous l'occasion d'introduire une rupture dans l'ordre d'un établissement réputé pour sa discipline. S'éveillait en moi le désir de posséder Mme S.

Souvent, après le cours de l'après-midi, au lieu de rentrer directement au Foyer de l'étudiant chrétien, je descendais la place Saint-Etienne vers la cathédrale, me postais près de la *Maison Kammerzell*, regardais les passants, dans l'espoir que je finirais par y rencontrer Mme S., mais, par fidélité à mon modèle romanesque, pour imiter la quête de Meaulnes, d'Alain-Fournier à la recherche d'Yvonne de Galais.

Je me disais que toute cette année, au lycée Saint-Etienne, j'avais stupidement perdu mon temps à attendre les contre-jours pour contempler les dessous de Mme S., à m'éprendre de chimères et à caresser des fantômes, alors que j'aurais pu, avec un peu plus de sérieux, acquérir les bases solides qui auraient fait de moi un parfait gentilhomme.

Une fois l'année passée, il me sembla, en quittant le collège, que je laissais derrière moi, non pas un paradis hors duquel je ne saurais vivre, mais au contraire, les sortilèges éventés d'un univers imaginaire dans lequel j'avais presque honte de m'être complu. Au début, je m'étais réjoui de cette liberté dont bénéficient les élèves français, je me laissais, pareil à un évadé de prison, couler avec émerveillement dans la provocation et l'excès. J'avais vite oublié qu'à l'école africaine, tout enfant déjà, la chicotte harmonisait les comportements et les résultats.

En France, tout se passait comme si une source, longtemps close, à peine soupçonnée, s'était ouverte d'un coup. Je vivais, ou je faisais semblant de vivre comme si j'étais ignorant de mon passé.

Un jour, à Strasbourg, mon ami Thierry et moi avions envie de cigarettes, car très tôt, au collège Saint-Etienne, nous avions l'habitude de fumer pour faire de l'épate devant les filles. Thierry nous apporta des Marlboro ou des Peter Stuyvesant que nous allâmes fumer au bord de l'Ill, avec la petite amie de Thierry, beaucoup plus hardie que nous, dont le langage et les façons me scandalisaient quelquefois plus que je ne voulais le laisser paraître, et qui, je crois, nous avait entraînés aux fumeries clandestines. Elle avait cependant un oncle archiprêtre de la cathédrale de Strasbourg, qui descendait une ou deux fois par an chez elle. Elle en profitait pour lui voler de la menue monnaie du tronc de bienfaisance pour nous approvisionner en cigarettes, ce qui m'impressionnait fort. Je me demandais si elle ne mourait pas de honte, devant le représentant du Christ, de ses cachotteries, je pensais même : de ses vices, et des propos quelque peu salaces qu'il lui arrivait de tenir. Mais je me gardais de le dire à haute voix, car je profitais aussi de ces vols, et puis, me disais-je, si leur Dieu est bon et miséricordieux, il finira par pardonner nos grivèleries.

Mes premières armes à la faculté de philosophie, rue Descartes. De grands noms la dirigeaient, qui m'étaient inconnus. On m'apprit que Philippe L.-L. et Jean-Luc N. étaient des disciples de Lacan et de Derrida. Leurs paroles me faisaient rêver, moi le Fang encore encombré par des histoires ancestrales. Invisible, je voulais être, ou croyais l'être. Je ne pense pas que l'on m'aimait, et je ne me souciais pas de me faire aimer. Admirer me suffisait. En écoutant Philippe L.-L. et Jean-Luc N. disserter en duo sur Heidegger ou Nietzsche, avec cette apparence de brillant qui nous en imposait, je leur lançais de ces phrases désuètes destinées à les éblouir, et qui n'étaient sans doute qu'une fragile armure dont ils étaient dupes autant que moi.

Ils m'invitaient volontiers chez eux, me parlaient de Wagner, de Berg, de Webern. J'aimais leur compagnie, l'insouciance et la joie de vivre qui régnaient chez eux, car elles n'étaient jamais feintes. Je trouvais avec eux l'ivresse d'une musique et d'un alcool qui poussaient le naturel au-delà de lui-même. Le bonheur irriguait leur personne, grâce à l'amitié. Mon admiration était celle d'un adolescent, incapable de voir les êtres tels qu'ils étaient, et incapable de se voir lui-même.

Mais, bientôt, je me sentis de nouveau perdu et dépaysé dans cette université. Le soin que j'avais pris aussitôt, comme instinctivement, de nier mes origines malgré l'évidence, ces douces fables que je m'inventais, et au sein desquelles je me créais des parents ministres – et, donc, dignes d'admiration –, traduisaient-ils un démantèlement profond de l'être ou, à tout le moins, une façon de tourner définitivement la page africaine ?

L'Afrique était derrière moi, je la voulais lointaine ; j'aimais l'Alsace, ses rêves, ses fantômes ; j'en étais un moi-même ; jusqu'à mon dernier jour, je resterais cet adolescent de dix-huit ans qui refuse de grandir. J'ignorais que vivre à Strasbourg c'était susciter des revenants avec lesquels toute transaction serait toujours ajournée.

Je préférais les jours où Philippe L.-L. et Jean-Luc N. parlaient des morts : Berlioz, toujours premier à vous égarer et lui avec nous. Pour pénétrer son génie, je devais le saisir, presque malgré lui : car il se trahissait constamment lui-même. Sa forêt de longs cheveux roux m'avait fait oublier à jamais mes origines.

elle s'accrochait à moi, je me rappelle comme ils me frappèrent, comme j'en fus troublé et comme à la fois j'en éprouvai une jouissance orgueilleuse : je venais de posséder une Blanche, une blonde aux yeux bleus, l'étudiante la plus brillante de la fac, j'avais réalisé le rêve africain. Je n'épiais pas à proprement parler les réactions de Julia, mais elles se gravèrent en moi, car je les enregistrais avec une reconnaissance attentive.

La nuit, je rêvai longuement de Julia et, au réveil, le bonheur m'emplissait. Je n'avais qu'une envie : lui écrire. Il me semblait que Julia était encore là, que j'étais contre elle, le visage enfoui contre sa peau blanche que j'embrassais avec une tendresse apaisée comme dans ces moments qui suivent l'acte d'amour, où ce n'est pas l'esprit ou l'âme qui rêve, mais le corps et le sang eux-mêmes entraînés dans une rêverie quasi physique dont ils ne finissent plus de s'éveiller. Je respirais l'odeur de sa chevelure, ma main la remuait comme on secoue des souvenirs dans l'air. Cette rêverie me procurait un bonheur dénoué, qui me donnait le sentiment que, enfin, ma peau n'était plus noire mais brune comme celle d'un Antillais ou celle d'un Noir américain. Aussi, j'essayais de la prolonger, de lutter contre l'éveil. La perception grandissante de la réalité que je sentais cependant me gagner menaçait l'illusion de ravissement où j'étais encore.

Le lendemain après-midi, j'allai attendre Julia à la sortie de son cours, nous rentrâmes ensemble, mais contre toute attente elle refusa de monter dans ma chambre et ne me laissa pas l'embrasser. Ces alternances de reprise et d'abandon étaient constantes, elles m'exaspéraient sans éteindre le désir que j'avais de cette jeune femme que je connaissais peu : pareilles réserves empêchaient à coup sûr mon désir de se transformer en passion.

Craintes, scrupules, peut-être y avait-il aussi chez elle, non tout à fait de la méfiance alsacienne, mais comme une acide coquetterie, qui tantôt s'alliait à la curiosité, tantôt se jouait d'elle.

Je rentrai. Vingt minutes passèrent. J'essayai de lire un roman pour alimenter une dissertation sur le bonheur. Je feuilletai un volume de *La Dame aux camélias*. Je n'en comprenais pas un mot. Je marchai dans la chambre.

J'ouvris la fenêtre. Je descendis et bientôt me retrouvai devant le numéro 5 de la rue du Ciel. Mes jambes m'y avaient conduit. Je ne me contenais plus, je montai. Mon cœur battait de frustration. Je sonnai. On ne m'ouvrit pas. Une idée vint aussitôt marteler à mon cœur : aurait-elle soupçonné que j'allais revenir ?

Je me rendis à la librairie Kléber, ce toit de livres, mon seul refuge. J'avais pris un exemplaire de *Madame*

Bovary entre les mains, comme s'il y avait eu en lui un mystère que je n'avais pas perçu jusque-là et qui, maintenant, créé ou dégagé par le livre, m'appelait, m'incitait à partir au-devant de je ne sais quelle découverte. Si les livres ne prophétisaient, jamais, que ce qui fut ? Sans réfléchir plus avant, j'enfouis le livre dans la poche de ma veste et sortis du magasin. Personne ne me vit. Arrivé chez Julia, je glissai le roman dans la boîte aux lettres avec le mot du poète : "La chair est triste, hélas !"

Julia me résistait. L'imaginaire qui, depuis des années, était ma tentation et mon refuge constants, je me jetai alors en lui avec un élan redoublé. Pendant un an, je m'étais gorgé de littérature, j'attendais le jour où Julia se donnerait à moi, je rêvais de princesses lointaines, j'étais Emma Bovary. De cette fille dont je ne savais rien, qui était peut-être vulgaire, je fis une manière d'Yvonne de Galais. Elle s'était prêtée, il est vrai, à des caresses bien réelles, elle les avait du moins tolérées, mais ces caresses, j'en récusai la gênante évidence. Je finis par douter véritablement qu'elles aient eu lieu. Qui peut rêver de ce qui n'a jamais été. C'est le rêve pourtant qui, partout, a, un jour, peuplé notre monde de fées.

Longtemps, je m'obstinais dans cette quête dont, pourtant, je n'attendais plus rien, comme si déjà, sans me l'avouer, j'avais renoncé en secret à ce que réalité et imaginaire se rencontrent jamais.

Strasbourg n'est pas une ville, elle est la ville, avec son jour et sa nuit, son silence et sa rumeur, ses espaces où elle se perd, se renie, nous laissant alors démunis devant tant d'histoires, tant de grâce. Dans ses ruelles d'un autre temps, je passais des heures à tricher avec la vérité, comme si je préférais l'amnésie à mes propres masques.

Vers minuit, mélancolique, je rentrais, pleurais, priais, lisais, me couchais, attendais que mon double spirituel vienne me parler. Je restais assis derrière la porte, non pas celle de la chambre, mais celle qui empêche d'entendre le monde d'où on vient et la femme que l'on désire.

Julia ne donnait pas de ses nouvelles. Je me disais : "Comme je ne peux pas lui parler, je lui écrirai quelquefois, elle me répondra peut-être, j'irai la voir, elle ne me laissera jamais ignorer les changements qui pourraient survenir dans son existence." L'angoisse me pressait. J'écoutais de la musique. Souvent je faisais du jour la nuit et de la nuit le jour. Je vivais dans mes rêves et rêvais mes veilles. D'un œil attendri, j'imaginais Julia au loin doucement me sourire : "Elle ne m'aime pas, il est vrai, pourquoi m'aimerait-elle ? mais elle aurait pu m'ignorer toujours. Elle sait que je l'adore."

Au cours des semaines qui suivirent, je passai des moments singuliers. Julia n'était pas femme à perdre la tête et à se laisser griser par les effluves du printemps. Dans ce jour de mai, quelle ne fut pas ma surprise lorsqu'elle me fit une étrange proposition :

— Tu peux…

Elle regarda autour d'elle avec un peu de gêne, consciente sans doute de ma curiosité, mais incapable de se dominer. Elle se pencha vers moi, me mit une main sur le genou. Son regard était plongé dans le mien avec une muette interrogation.

— Tu peux… habiter chez moi quelque temps. C'est le seul moyen de savoir si on est faits pour être ensemble.

Je l'observais attentivement. Je hochai la tête, abasourdi. Figé. Décidément, je ne comprendrai jamais rien aux femmes !

En m'invitant à aller vivre avec elle, tout me montrait d'une façon certaine que Julia m'avait adopté. Mes désirs étaient exaucés, mes préférences respectées. Si, la veille, j'avais parlé d'un livre, je le retrouvais le lendemain sur la table de chevet. Je rivalisais d'imagination pour lui offrir tous les jours les plats exotiques dont elle raffolait. C'est elle qui faisait le menu de la semaine en consultant Internet, le poulet aux gros oignons, la sauce arachide, les galettes de sorgho, la crème de mil.

Son appartement était devenu le centre de ma vie. Est-ce parce que j'y vivais presque entièrement que j'avais le sentiment de ne plus avoir d'attaches nulle part ? ou est-ce parce que je trouvais chez elle un peu de ce rêve africain si ouvertement nourri d'épouser une Française ? Je me sentais enfin lui appartenir, ou y aspirais-je, ou, tout du moins, j'étais délivré de cette impression de dépaysement que, pendant mes premières années à Strasbourg, je n'avais cessé d'éprouver.

Je me rappelle sa stupéfaction, quelques mois plus tard, lorsque je lui fis part de mon projet de fiançailles. Je lui expliquai qu'un animiste ne pouvait pas vivre avec une femme en dehors d'un lien officiel, ce qui la flattait, mais en même temps l'effrayait. Je me disais que si elle acceptait ma proposition, c'est donc qu'elle s'engageait à ne pas me quitter. Mais j'avais depuis le début l'habitude de la séduire, de l'"enjôler", comme elle disait, pour lui arracher ce que je voulais, cette fois encore je réussis à lui extorquer sans trop de peine ce consentement que je convoitais. Je crois qu'elle ne pouvait pas prendre sur elle de refuser. Non qu'elle redoutât une quelconque menace, mais elle dépendait de mon confort culinaire avec tant de faiblesse qu'elle aurait souscrit à n'importe quoi, juste pour m'en voir un instant heureux. Je faisais mienne la sagesse animiste qui veut que tout chemin d'amour passe d'abord par la bouche. Le sourire, l'effusion étaient d'un tel prix à ses yeux qu'elle aurait tout tenté pour les obtenir de moi et, en me cédant en tout, sur tout, elle les achetait à force d'abandons et de faiblesses ; parallèlement, je contribuais à cet état de fait par l'application, l'imagination d'un véritable maître-queux.

Le besoin qu'ont les humains de chercher autour d'eux une lueur de sympathie ou une oreille attentive m'avait poussé à me tourner vers Jean-Luc N. "Vous devriez écrire" , me conseilla-t-il. Cette phrase m'avait incité à prendre la plume.

On écrit à quelqu'un et pour quelqu'un. En prenant des notes pour ce qui allait peut-être devenir un livre, je ne songeais guère à "l'art" : c'était pour Julia et pour la gloire, comme si j'avais par là réussi à posséder la vie elle-même. Pendant un instant, c'est bien de l'angoisse que je me crus délivré, en écrivant, comme on se débarrasse d'une peau pour en exhiber une autre. Je me disais que si je pouvais, jour après jour, vouer ma vie à la littérature, en ne faisant que des livres, j'aurais le sentiment d'être devenu un Blanc, comme Flaubert à qui je voulais ressembler. Je voulais être en possession de ma vie.

Jean-Luc N. m'avait souvent interrogé sur le livre auquel je travaillais, il me conseillait de l'intituler *Alchimies*. "Oui, *Alchimies*, c'est un livre à écrire, ça, c'est vous l'Africain qui pouvez encore l'écrire. Les Européens ne peuvent plus le faire. Vous êtes un homme brillant. Je vous en fournirai les traits, si vous voulez, je vous lirai et vous serez publié aux éditions Galilée. J'y écris, Derrida aussi." Après un cours d'esthétique, il ajouta : "Allons, avouez-le, vous me mettrez tout ça dans un livre un jour ? Vous m'y mettrez, moi, dans ce livre ?" J'avais le sentiment qu'il me disait cela avec un mélange de raillerie et, pourtant, oui, comme de secret désir. Ce livre qu'il m'incitait à écrire, j'éprouvais, jusqu'au malaise, l'impression qu'il me poussait aussi à y parler de lui.

Il va sans dire que ces mots me suivirent partout pendant de longs mois. J'imaginai le bon gros rire de moquerie à mes oreilles. Je pâlis encore en écrivant ces lignes. J'avais beau n'avoir que vingt ans, mon sens du ridicule était très développé – et les mots de Jean-Luc N. y étaient pour quelque chose, naturellement.

Tous les jours, à quatre heures du matin, comme un scribe, je me levais pour écrire. Quelle mortification, le livre ! Comme une entrée dans les ordres. Le regard que l'on avait jusqu'alors porté sur soi-même et sur sa vie ne sera jamais plus le même. Lorsque je décrivais mon angoisse, ma solitude, je les décrivais dans l'exaltation. L'angoisse, ce n'était pas quand j'écrivais qu'elle me dévorait, mais quand je n'écrivais plus.

Bientôt vingt ans. Que d'œuvres lues. Il y avait les triomphantes, les plus assurées, qui s'étaient détachées de moi comme des feuilles d'automne. Bien peu avec qui j'étais resté en intime dialogue. Je parlais de Catulle que je venais de relire, de Tristan, ainsi que de mon bouleversement d'avoir lu *L'Homme et l'Enfant* d'Adamov, ou *La Quête du Graal*, pour ne rien dire de mon émotion à chacune des représentations d'*Antigone*, ou des rééditions des romans de Chrétien de Troyes. Je parlais du burlesque où les fils pleuraient leur mère et où il suffisait d'un mot pour que l'âme orpheline se sente de nouveau grelottante et déchirée. Peut-être après tout, l'écriture n'avait-elle été que cela pour moi : un élan.

Un jour, je remis une centaine de pages à Jean-Luc N. Il me les renvoya par la poste avec une phrase énigmatique : “Ecrivez avec un cutter à la main. Relisez ce qu'Yvon Belaval dit du «souci de sincérité» : La sincérité est simplement un manque d'empire sur soi-même, c'est plus commode de ne pas se retenir, et puis à s'exhiber avec quelques enjolivements, la vanité trouve son compte !”

Libératrice, l'écriture ? comment savoir ? Ou était-ce au prix d'un nouveau péril, d'un nouveau piège, d'une humiliation ? J'avais le sentiment qu'il me reprochait d'avoir vu ou cherché à voir le salut auprès des écrivains, des poètes, des héros ou des saints. Quand, en écrivant, on crie à l'innocence, on a tôt fait de se persuader de sa culpabilité. Je ne m'en consolais pas.

Mon livre était terminé. Que devais-je en faire ? J'avais caché à Julia que j'écrivais, elle qui croyait que je passais des heures, au petit matin, à lire ou à méditer, tout en écoutant des cantates de Bach – ainsi que les motets de Delalande, ou la *Messe en ré* –, alors que je faisais comme ces solitaires dans la rue, qui parlent tout seuls. Qu'est-ce que ça pouvait faire aux autres qu'un instant j'aie réussi vaille que vaille à respirer, que je surnage ou que je m'abîme ? Par vanité, j'avais envoyé mon livre à Yves B. chez Grasset. Curieux, ce besoin de se donner des juges. Mon livre avait plu et avait été jugé bon pour publication.

Consterné, c'est peu dire : j'étais atterré. En ouvrant la lettre, je restai là, allongé, souriant. Je me souviens aussi que mon corps fut soulevé par un besoin physique, impétueux et que, pendant plus d'une heure, je fus comme exalté. Je ne parlais donc pas seul : il y aurait des gens pour m'entendre, me répondre. Un enivrement associé au sentiment de m'être perdu et de me retrouver exaltait ma vanité d'être le premier Noir à passer sous la couverture jaune. A dire vrai, je ne me considérais pas comme un Noir. Un homme à qui tout réussit ne pouvait pas être noir.

J'avais pour la première fois gravi le vieil escalier en bois de l'immeuble de la rue des Saints-Pères. Il était quatorze heures trente, nous avions rendez-vous à quinze heures. Selon la vieille superstition fang, le seuil d'une maison parle. J'avais donc attendu avant de sonner, pour conjurer le mauvais sort, puis j'étais resté quelques secondes immobile, le cœur battant, craignant qu'Yves B. ne trouve ma hardiesse par trop alsacienne. Ce sentiment fut accentué par le temps que l'on mit à m'ouvrir la porte. Même lorsque je m'habituais d'aller voir Yves, je retrouvai toujours l'angoisse du premier rendez-vous.

C'est Martine B. qui me reçut et me fit entrer dans son bureau, où elle m'entretint quelques minutes. Elle me proposa un à-valoir, me disant qu'Yves lui avait beaucoup parlé de mon manuscrit et combien il serait désolé de m'avoir manqué, car il était retenu ailleurs. Bref, j'eus droit à ce que l'on dit d'ordinaire dans de tels cas, mais avec une vivacité, une chaleur charmantes. "Je serai votre éditrice. On va faire un malheur à la rentrée d'avril !"

J'essuyai une petite déception qui disparut par la suite lorsque je revis Martine B. Dans mon imagination, une éditrice ne pouvait être que d'un certain âge. Sans être insensible à sa chaleur, ou à ses élans, et sans doute aussi à son intelligence, je m'étais étonné de ne pas trouver dans ses gestes, ses traits, sa vivacité de parole, jusque dans sa manière de s'habiller, le contrechamp sublime que je m'étais fait d'une femme de lettres. Je me rappelle aussi que j'avais été déçu par le bureau de Martine B., petite pièce banale, aux meubles sans caractère, moi qui croyais qu'une maison d'édition était en marbre et en or. J'eus pourtant le temps de remarquer le grand nombre de tableaux aux murs, les statuettes nègres sur les meubles, lesquelles, lors de cette première fois, firent sur moi un grand effet. J'aurais bien été incapable de dire de quelle ethnie elles étaient, moi qui venais pourtant d'une tribu de sculpteurs. Le contrat était à peine signé qu'elle proposa que nous nous rendions chez elle :

— C'est très simple. Je suis dans le 9e. Près de chez moi, il y a Pierre C.

Pour ne pas avoir l'air d'un cuistre, je lui lançai :

— Pierre C. ! Quelle chance !

— Il est de la maison. Maintenant que tu es un auteur Grasset, tu verras du beau monde.

A peine sorti du bureau, je pris mon téléphone et appelai Julia : “Je suis un auteur Grasset ! On me tutoie déjà et, à dix-huit heures, j'ai ma première séance de travail.”

J'étais l'Africain à Paris, avec l'ivresse au fond de moi lorsque enfin je découvris le boulevard Saint-Germain, le marché africain de Château-Rouge, Montparnasse, la tour Eiffel, le Trocadéro. Martine B. était arrivée vers dix-huit heures. Elle nous avait préparé une pintade à la tomate. Elle m'avait ensuite invité dans sa chambre. Le manuscrit était étalé sur la moquette, nous avions enlevé nos chaussures et c'est à quatre pattes que nous avions entrepris le travail. Un crayon à mine à la main, elle traquait la moindre imperfection de langage. J'en conclus alors que le métier d'éditeur était pour elle une manière de discipline, de correction auto-imposée, que celui-ci l'aidait à faire de sa vie une ascèse, si bien que ce fut là une autre raison pour moi de l'admirer et de ne rien craindre d'elle à genoux près de son lit.

Je n'imaginais pas que cette femme, sobre, cachait autant d'influence : son mari animait une grande émission à la télévision et, donc, avait un pouvoir certain dans les médias.

L'argent, au demeurant, Martine B. en parlait comme quelqu'un qui n'a jamais eu à beaucoup compter, même son ignorance en la matière paraissait monstrueuse. J'avais admiré un nouveau tableau qu'elle venait d'acquérir, et elle m'avait dit, tout à trac : “Mais toi aussi, tu sais, tu pourrais bientôt acheter des toiles, tu devrais même commencer à t'intéresser de plus près à la peinture, il y a de jeunes peintres qui font de belles choses."

Au moment de nous quitter, elle me dit : "Notre rencontre relève d'un hasard objectif. Je suis certaine que tu m'aideras à ton tour à écrire le livre dont je rêve."

Dans le train du retour, assis près de la fenêtre, je respirais la sensation d'avoir gagné quelque chose d'essentiel. Ce n'était pas la confiance de Martine B. qui était importante – quoiqu'elle dût y avoir sa part –, mais de m'être grandi, dilaté par mes propres moyens. Bref, le sentiment de ma vie – claire, limpide – m'emplissait enfin. Il me semblait que j'avais laissé derrière moi, comme un rivage où je ne viendrais plus, cette Afrique qui me faisait honte.

Il fallait bien vivre pour assurer le quotidien. On n'engraisse pas dans le métier d'écrivain. J'avais eu un à-valoir misérable ; je passai donc un concours d'enseignement.

Oserai-je le dire ? Jusqu'ici la vie m'avait souri. J'obtins mon concours sans difficulté. J'étais nommé professeur de philosophie à Verdun. Longtemps, la Grande Guerre, je n'ai songé à elle qu'à la lumière des grandes vacances dont parle Raymond Radiguet. Longtemps, elle fut pour moi l'image des tirailleurs qui rentraient la veste cousue de médailles, que nous appelions "vieux colons" car, pour nous, leurs exploits représentaient de grands moments d'exotisme.

Le plaisir d'enseigner, le bonheur d'être écouté, la musique des mots, la joie des corps ou leur désarroi. Je découvrais tout. Parce que ce sont nos premières émotions qui sont sans doute les plus vives, qu'ensuite nous ne faisons que confronter à leur souvenir les émotions nouvelles. Le nœud vivant de la transmission ravivait le bouleversement creusé en moi par certaines lectures, la redécouverte des classiques, *Le Banquet*, *Le Contrat social*, *Les Confessions* de saint Augustin, je ne pouvais non plus les séparer de ce décor qui allait constituer mon quotidien, la salle de classe, la salle des professeurs.

L'enseignement de la philosophie, il était comme contenu pour moi dans ces longues promenades verbales que je faisais en zigzaguant entre mes lectures. J'avais eu le bonheur d'avoir parmi mes élèves d'excellents musiciens qui prolongeaient ainsi le plaisir de l'apprentissage.

Pourtant, les *Concertos brandebourgeois*, par exemple, j'avais beau les savoir par cœur, il me semblait qu'ils n'étaient jamais entrés aussi loin en moi que ce soir d'hiver, près de la citadelle de Verdun, à côté du lycée Marguerite, lorsque, d'un coup, comme si une membrane se déchirait en moi, j'entendis mes élèves jouer. Leurs mains s'agitaient au-dessus des touches du piano comme devant un corps radieux et intouchable. De même, il me semblait que je ne retrouverais jamais l'espèce de suffocation que j'avais éprouvée à écouter la *Symphonie de psaumes* de Stravinski. Une extase panique, comment l'évoquer autrement ? J'avais alors pris la résolution d'apprendre la musique. C'est un parent d'élève, un brocanteur à la retraite, qui m'avait offert un vieux piano d'acajou, aux touches jaunies qui se désaccordait sans cesse. Sa fille me donnait des leçons chaque samedi matin et, l'après-midi, je passais des heures à essayer d'assouplir ma main gauche dont la raideur me désespérait. J'avais l'impression de piétiner devant mon élève sur les "classiques de l'enfance". Je me noyais dans des œuvres beaucoup trop difficiles que j'étais impatient d'aborder d'emblée, les *Préludes* ou les *Ballades* de Chopin, tout simplement parce qu'elles me faisaient croire que les Africains étaient doués pour la musique et qu'un prof de philo était forcément un virtuose. J'avais dévoré d'un trait le modeste manuel de Dannhauser, puis bientôt le *Traité d'harmonie* de Dubois et, au lycée, pendant les cours sur l'art, je discourais sur la musique.

Je me rappelle aussi ce jour, dans une terminale littéraire où j'avais lu *Un cœur simple* de Flaubert, d'un bout à l'autre à haute voix en marchant de long en large. Il faisait très chaud et comme à mon habitude j'avais laissé la porte de la classe ouverte. Il devait être midi, une voix furieuse et sarcastique, celle du proviseur, hurla avec une inflexion exagérément vulgaire : “Alors, vous avez bientôt fini de chanter la messe ? N'oubliez pas que les élèves doivent aller à la cantine. Ils reprennent à treize heures.” Aucun élève ne bougea, je continuai à lire, porté par cette émotion et ce plaisir qu'il me semblait voir dans leurs yeux.

Je vécus les deux, trois premières années d'enseignement dans un bonheur désarmant, presque naïf. J'éprouvais une félicité enfantine à être devant mes élèves. Rien jamais ne pourrait ternir mon enthousiasme. Qu'il y eût des enseignants dégoûtés par leur métier, cela me semblait inconcevable. L'entente avec mes élèves me suffisait, ma mission m'émerveillait. "Mon Dieu ! que je suis heureux d'être prof de philo !" me disais-je, je ne concevais pas que ce bonheur ne dure autant que la vie. Il y avait dans ce sentiment une allégresse quasi physique, à quoi se mêlait peut-être je ne sais quelle bonne conscience. Confiant, ouvert, fixé ainsi et assuré de l'être pour toujours, je ne l'avais, en tout cas, jamais été.

"Ah que je suis heureux ! Que je suis heureux !" répétais-je le soir à Julia. Je lui racontais les perles : "Monsieur, quand nous relirez-vous le sexe de Proust ? Oh pardon le texte de Proust", ou cet autre : "Monsieur, vous êtes de ces profs qui *croivent* que nous sommes tous doués", le bouquet étant ce jour où, expliquant le chapitre III du *Contrat social* de Rousseau, je demandai à une élève : "Que feriez-vous si un brigand vous surprenait dans un bois et vous lançait : la bourse ou la vie ?" Avec sérieux et application, elle me répondit : "Mais ça ne me concerne pas, puisque je suis une fille." Je crus d'abord que c'était de l'humour mais non, l'élève était persuadée d'avoir bien répondu.

Jusque dans mon sommeil, il me semblait saisir dans ces imperfections quelque chose de tendre. La vie me paraissait désormais limpide, facile, accordée. Je venais d'obtenir une affectation dans un lycée mosellan, j'appréciais mon métier, du moins il ne me paraissait pas incompatible avec ce que j'aimais. L'écriture, j'y réussissais et, c'était dit, je resterais dans l'enseignement. *Le Républicain lorrain* m'avait recruté pour faire des chroniques littéraires, on me confia la rubrique francophone. La proposition me ravit et me désarçonna en même temps. En écrivant sur les auteurs francophones, je devais naturellement retrouver l'Afrique, moi qui refusais désormais d'en faire partie et qui préférais la lecture du plus mièvre auteur français à celle du plus brillant des auteurs africains. Mais le plaisir des mots l'emporta sur l'orgueil.

Je me souviens de ce jour où je lus à mes élèves de terminale littéraire les dix premières pages de *Verre cassé* du Congolais Mabanckou, porté par cette même chaleur que j'avais eue à découvrir son auteur. Les élèves souriaient, heureux de voir qu'un cours de philosophie était le prolongement de la vie, et moi, je tentais de confier aux mots l'émerveillement qu'ils me causaient, ce sentiment d'ingéniosité presque sauvage. Les fées, comme dans les contes africains, m'auraient-elles invité à faire des souhaits, je crois que je n'aurais rien trouvé à leur demander, sinon que tout continue ainsi.

Emerveillé par ma nouvelle vie, comment aurais-je imaginé qu'elle pouvait être déjà obscurément menacée ? Rayonnant, aveuglé, je ne crois pas avoir eu un instant conscience de je ne sais quoi de sourd, de latent, qui, dès les premiers jours peut-être, la taraudait en secret. Un drame se nouait, hors de moi, près de moi, qui pendant des années m'était resté indéchiffrable. Rien ne m'avait vraiment averti. J'avais bien assisté, il est vrai, à ses premières manifestations, mais de l'extérieur, comme si j'avais aperçu à travers un écran translucide les silhouettes de personnages jouant un drame qui ne me concernait pas. Entre les gestes, les paroles et les signes, je ne parvenais pas à établir de lien logique. Ils avaient d'évidence une signification, mais elle m'échappait, ou je ne voulais pas y attacher d'importance, ni même y croire.

Tout avait basculé sur un malheureux lapsus. Un jour que je remplissais les bulletins du troisième trimestre, je me laissai aller au bonheur de la langue. "Votre travail est resté en friche", écrivais-je à propos d'une élève moyenne. Le mot, la chose : le jour où le mot commence à peser du poids même de la chose. Le mot friche flottait, comme un habit vide dans ses deux incompréhensibles syllabes. J'avais oublié que l'élève à qui je les avais adressées s'appelait Laure Friche. Ses propres dons, Laure les laissait en friche, elle les tenait pour rien, et venait-elle soudain de rédiger une dissertation, on la retrouvait bientôt comme un rouleau froissé au fond du panier à papier. Alors que je voulais simplement lui signifier que toutes ces capacités n'étaient pas développées, ce malheureux lapsus me coûta un rendez-vous chez le proviseur, une pétition des parents d'élèves et enfin une visite de l'inspecteur. Mais sans doute l'avais-je, effectivement, oubliée ou enfouie cette troublante homonymie, l'avais-je du moins fort minimisée, puisque je fus surpris de l'indignation que ce détail avait suscitée, qu'il me parut si inopiné, si incongru et qu'à peine pensai-je qu'il pouvait être à l'origine de ma disgrâce. Une tache qui devait ternir ma carrière.

Je m'aperçois que je suis allé beaucoup trop vite, comme si je voulais me débarrasser d'un coup du malaise que j'éprouvais, que je ressens encore en l'évoquant. Ce climat, il ne prit pas place aussi vite, ni avec tant d'évidence. J'avais toujours eu dans mon esprit, sans bien m'en rendre compte, une sorte de balance. Sur un plateau il y avait la beauté de la vie, sur l'autre il y avait la douleur. Il se passait même, à cet égard, une chose curieuse : comme si, chaque fois que j'envisageais de réfléchir enfin à ce constat, d'entreprendre de le comprendre au moins en partie, une sorte de paralysie s'emparait de mon esprit. Simple paresse, peut-être, ou crainte d'avoir à mesurer l'étendue de mon inaptitude à vivre tout simplement.

Pensais-je du coup que ma disgrâce était due à la couleur de ma peau, à mes origines ? Le miroir tendu m'eût trop gâché l'illusion de me fondre dans la langue de Molière, de me muer en un véritable gentilhomme dont le séjour aux pays des neiges avait décoloré la peau. C'était fini. La tristesse avait succédé à mon exaltation, je n'étais plus rien à mes propres yeux et peu s'en fallait que je n'accuse mon propre nom Obama, l'aigle, d'être la cause de cette descente aux enfers.

J'étais devenu insomniaque. Je me rappelle toutefois que, m'étant à demi couché sur le canapé pour corriger mes copies, je m'étais assoupi. Un cauchemar me réveilla. J'étais en sueur. Je me souvenais vaguement d'un rapace monstrueux qui m'avait attaqué. Un homme m'avait sauvé. Un vieillard à barbe blanche. Il m'avait tendu une plume d'oie comme s'il m'enjoignait de parler. Je ne sais pas exactement à qui il parlait, pour qui il parlait, à qui s'adressait ce geste, à quel double, à quel sosie, à quel jumeau ou à quelle ombre revenue du plus vieux continent du monde et à qui, peut-être, il me fallait rendre des comptes. Je me demandais si j'avais encore des racines ou si elles étaient bien miennes. Mon crime, c'était d'avoir renié mes origines ou d'avoir cru – c'est la même chose – les avoir reniées. D'avoir cédé à la vieille fascination pour l'Europe, comme ces exilés qui se souviennent et que la réalité de leur terre ne cessera de hanter. A mon réveil, je revoyais la motte de terre sur la colline, retournée, bouleversée, envahie d'herbes, je l'imaginais envahie de ronces, d'arbustes, de pierres soulevées, et je me disais que c'était une piètre tombe pour un homme qui avait tout donné à sa tribu.

Que voulait dire cette scène qui m'était apparue dans le sommeil, à la fois si proche et si lointaine ? A peine me semblait-il que le personnage, de l'autre côté de la mer, était mon grand-père Elé. Mon aïeul venait de s'adresser à moi et son image, jusqu'alors invisible, m'apparaissait avec le même relief, la même consistance et presque la même respiration que dans le passé. Mais ces souvenirs n'étaient que de brèves trouées bientôt éteintes dans un film rongé et gris qui ne se déroulait pas continûment.

Fouiller dans ma mémoire, sarcler la terre des ancêtres, traquer le moindre indice qui pouvait être à l'origine de ma déréliction. N'était-ce qu'une tentative vaine à bien des égards ? Je ne sais quel ébranlement nouveau m'attendait.

Fouiller dans ma mémoire, écrire, me tourner vers mon passé. Si là étaient bien la source et le lit, il fallait remonter plus haut encore. Resongeant à ces mille souvenirs qui m'assaillent, je me dis que leur insignifiance même vaut d'être sauvée, puisque ces fugitives broutilles me procurent le même ravissement que lorsque j'embrasse le monde.

J'étais comme retranché de toute halte ou de toute paix. Je m'en trouvais aussi loin que, adolescent rongé de doutes, je l'avais été au début de ma vie, quand je ne sais quoi entravait cette faim démesurée qui, pourtant, me poussait. Gorgé très tôt de lectures, quels que fussent, dès l'enfance, mon sens du réel et les exigences de mon intelligence, ou de ma raison, l'imaginaire a toujours été pour moi une dimension du réel. Il n'est pas un signe du monde, pas un événement, pas une sensation, pas un sentiment, qui n'ait eu pour moi son double, son prolongement dans l'imaginaire.

J'avais vécu, au moins en apparence. J'avais un métier, j'avais connu quelques femmes, mais d'une certaine façon je n'avais peut-être vécu qu'en image, comme je vivais du temps de mes rêveries adolescentes autour de mon nom d'oiseau. J'étais peut-être resté empêché, secrètement mutilé dans mes rapports avec le monde. C'est ainsi encore que j'allais me retrouver peut-être. Je n'en sortirais pas. M'étais-je plus ou moins leurré en croyant vivre ou en tâchant de vivre ? Je ne m'illusionnerai plus de cette façon. Si je n'avais vécu qu'en image, c'était aussi sans doute ma seule et profonde vocation.

Je m'interrogeais sur ma part maudite. Si je me souviens bien, tout avait commencé ce jour de la saison des pluies où mon grand-père était venu chez nous.

La pluie tombait sans discontinuer. Je sursautai lorsque quelqu'un, penché sur mon lit, me frappa tout à coup sur l'épaule :

— Réveille-toi, Obama ! J'ai besoin de toi pour m'accompagner dans la forêt.

Sa voix était de plus en plus basse.

— Viens m'aider à ramasser le bois.

— Oui, Elé, murmurai-je.

Tout le monde l'appelait de son nom de tribu : "Elé", l'arbre. Aucun de ses petits-fils n'avait pensé l'appeler comme tous les enfants du monde appellent leur grand-père. Nous étions fiers de ses qualités : sec par l'écorce, humide par la sève, Elé avait le privilège de relier terre et ciel, faire alliance avec le feu.

C'était l'heure où les perdrix vont boire à la Grande Ourse. Le village dormait encore. Dans la maison, personne ne s'était réveillé, même mon père qui a l'oreille si fine, n'avait pas entendu son père ouvrir la porte pour m'entraîner dans la nuit. De temps en temps, mon grand-père essuyait l'eau sur ses sourcils, relevant la tête avec l'air d'un macaque qui hume des odeurs lointaines. Sur le chemin de cécité, vers le cœur des bois, nous avions croisé un animal – une hyène, je crois – aux énormes oreilles déformées, comme inachevées, moussues, rongées par endroits. Chez nous, un esprit se cache dans chaque animal.

Qu'est-ce que Zame, le créateur, voulait donc nous dire ? Je savais que chez nous la pluie qui tombe en rideau est une énigme à déchiffrer. Etrange, je n'osais pas creuser cela plus avant et mon grand-père était resté curieusement muet, lui qui donnait sens à tout, comme si la nature était un immense livre. Quel effroi, quelle panique, sur ce chemin qui bruissait de cette vaste rumeur détrempée, entre ces grandes pentes vertes au-dessus desquelles virait lentement une buse. J'avais la tête vide, vide. Je n'avais plus aucune idée. A mes souliers boueux, aux chardons accrochés à mon pantalon je remarquai que nous avions marché longtemps à travers champs et prairies.

Je me souviens qu'on s'était assis au pied d'un palétuvier. Que faisions-nous là ? J'attendais que mon grand-père dise enfin quelque chose. Je grelottais de froid lorsque le vieil homme s'était assoupi. Je n'osais fermer les yeux, contrôlais ma respiration, regardais autour de moi, la nuit était trop noire, les bruits m'effrayaient. Tout était confus, même le froissement des feuilles, le chant des premiers oiseaux saluant l'aube devenaient suspects. L'impression que la forêt s'animait, que les esprits étaient là, tapis derrière nous, qu'ils n'auraient qu'à marcher un peu, à tendre un bras pour nous atteindre.

En se réveillant, tout engourdi et bâillant, Elé avait naturellement prétendu qu'il ne s'était pas endormi. "J'avais les yeux fermés, avait-il répété plusieurs fois, mais c'était pour mieux voir ce qui est invisible." Je n'avais pu, je l'avoue, retenir un sourire, car, lorsqu'il s'était réveillé, et que je lui avais dit : "Quelle heure crois-tu qu'il est ?", il m'avait répondu : "Quatre heures du matin." Il était ensuite revenu à la charge, avec la même obstination de jadis pour tant de petites choses, afin de me convaincre qu'il n'avait pas dormi, comme si dormir plus d'une heure à côté de son petit-fils était honteux.

Il avait passé de longues minutes à regarder une plante, il ne s'agissait pas à proprement parler de rêverie, mais j'avais le sentiment qu'il y avait en lui comme une dilatation heureuse, un air d'être là et de respirer le monde. Je somnolais. J'avais du mal à fermer les yeux à cause du souffle régulier de gros animaux qui remâchaient paisiblement leurs derniers rêves, juste à côté de nous. Je n'arrivais pas à me débarrasser de mon angoisse.

Brusquement, Elé se leva. Il pivota sur lui-même, me prit la main, me souffla doucement dans les yeux : "Je t'annonce que tu es officiellement propriétaire de ce sac."

Je revois sa main, c'était presque une image comme on en voit en rêve, au-dessus de moi, à mi-hauteur entre ciel et terre, un peu comme la main de Zame qui tendrement se referme comme un berceau sur le premier homme et la première femme. La main de mon grand-père se déplaçait vers moi et soutenait, je le voyais à travers ses doigts un peu disjoints, le sac protecteur de la tribu. "Ce sac te fera passer les barrages sans problème. Tu ne révéleras ce secret à personne, sous peine de le voir disparaître."

Sa main s'ouvrait, elle lâchait l'objet qui restait comme en apesanteur : je ne voyais pas l'aboutissement de sa chute, mais je le revoyais descendre avec lenteur en tournoyant, cette main ouverte et vide qui restait suspendue. Dormais-je ou étais-je éveillé ?

C'était un sac on ne peut plus ordinaire, en vulgaire toile de jute. En le découvrant, je me répétais des formules toutes faites pour me rassurer, comme si tout cela m'était soudain devenu étranger et avait cessé de me concerner. Je fis un pas en arrière, comme si je m'excusais de mon ignorance. Son regard passa en un éclair d'un espoir irraisonné à la colère la plus froide qu'il m'ait été donné de voir sur la face humaine. Je pouvais le comprendre. Je m'approchai. Il me prit dans ses bras, me serra fort et j'eus l'impression qu'il s'apaisait.

Elé mit la main dans sa poche, me chuchota quelque chose à l'oreille *"Makambo mimbalé na mokiri"* et ajouta ensuite à voix plus haute, comme on fait d'ordinaire avec un enfant : "Eh bien maintenant, c'est à toi de jouer." J'avais le sac entre les mains. La mauvaise conscience montait en moi : qu'allais-je en faire ? *"Makambo mimbalé na mokiri"*, "La vie est un chemin de souffrance". Je ne comprenais pas le sens de cette phrase, de ce rituel qui faisaient de moi un homme neuf. Je me souviendrai de cette onction d'huile. Plus ses mains s'affairaient et plus j'avais l'impression que mon corps s'armait pour leur résister, jusqu'à devenir irritable. C'était cela : je me sentais pris au piège, mon grand-père se montrait aussi pressant et sûr que dans un rite auquel rien ne manquait. Il ne restait plus qu'à me transmettre la gestuelle.

Comme je faillis perdre l'équilibre dans le trouble de ce moment, en trébuchant sur une ornière du chemin, il éclata de rire. Je coupai court au ridicule et m'assis précipitamment sur un tronc d'okoumé. Quand je relevai les yeux pour mieux voir son visage, il n'y avait plus personne. Au même moment, une oie sauvage monta en lentes spirales dans la lumière dure de la mousson, formant un V impeccable. Je fus tenté de croire que mon grand-père s'était transformé en oiseau. Je restai de longues minutes à me demander ce que je devais faire du sac. A la fin, je résolus de retourner seul à la maison. Il faisait déjà jour. Je ne savais comment m'orienter pour retrouver le chemin. Le soleil levant est un guide. Voilà qu'il m'empêchait de voir. Je croyais que j'allais me perdre. Miraculeusement, c'est la pluie qui m'ouvrit les portes du village, moi qui, d'habitude, n'avais pas grand sens de l'orientation. Ce n'était pas suffisant d'avoir un corps transi de froid et qui trahissait le moindre de mes élans, il fallait, en plus, que je me charge de ce sac qui pesait comme un âne mort.

Comment je regagnai le village, jamais je ne pourrai me le rappeler clairement. Je sais toutefois que j'allais très vite, en silence à travers la brousse encore endormie, sans laisser de traces, comme l'auteur d'un crime presque parfait. Je retournai me coucher en dissimulant le sac sous mon lit. Je ne pus cependant m'endormir. Tout me revenait : l'étrangeté de la scène, l'éclipse de mon grand-père, l'angoisse d'être détenteur d'un trésor dont je ne savais que faire. Une pensée me martelait le crâne au rythme de mon pouls. Partir ! partir ! Fuir ce village, ce pays, partir le plus loin possible, disparaître.

Je m'étais levé, essoré par des heures de cauchemars. Tout ce que j'avais vu resta pourtant imprimé dans mon esprit. Etait-ce rêve ou réalité ? Je devais me palper les côtes, les os du crâne pour me convaincre que tout était bien en place, fort bien rangé. C'était le matin. Je n'allai pas à l'école. Je prétendis que j'avais une crise de paludisme. Mes parents sentaient bien que quelque chose n'allait pas, mais se gardèrent d'intervenir.

Une fois que tout le monde eut quitté la maison, je m'assis au bord du lit, fermai les yeux, étendis les doigts, laissant affluer, par vagues de plus en plus rapides, la chaleur de mon corps. Ma vue se troubla, un tremblement léger me parcourut, j'étais légèrement à la dérive, entre deux mondes, comme suspendu, je commençai peu à peu à me sentir mal. Quelqu'un m'avait parlé. Je ne distinguais pas son visage, je ne reconnaissais pas sa voix. Chez nous, le double vient toujours murmurer des secrets en pareilles circonstances. La voix me disait des choses que je ne comprenais pas, des choses étranges.

En moi, une sensation au seuil de la douleur, presque agréable, comme si le corps ployait sous une foudre légère. Je m'étais mis à genoux, avais spontanément prié, moi qui ne l'avais jamais fait. Mais la prière précède toujours l'épreuve de la coupe amère. J'avais regardé le sac, l'avais retourné, ma main s'était un peu aventurée vers son ventre, avant de s'immobiliser : "Ce secret ne doit pas être révélé sous peine de le voir disparaître." Cette phrase d'Elé me revenait soudain.

M'étant avisé que personne ne me suivait, je me dirigeai près du marigot. A coups de pioche nerveux, je soulevai la terre et enfouis le sac à l'ombre d'un oranger. La forme complexe de mon trouble était concentrée dans ce mouvement, dans ce geste : au moins, ils n'étaient plus ceux d'un petit garçon innocent et trop émotif. Je pensais que j'avais grandi d'un coup et rectifiais ainsi ma sensiblerie pleurnicharde.

Un battement de tam-tam me fit sortir de la chambre. La porte était grande ouverte, une odeur de terre envahissait le village. Je me serais cru au fond d'un bois humide. Quand cette odeur est là, on sait qu'il est trop tard. D'habitude, dans ces moments-là, le monde est sans résistance, sans volonté, sans espoir. On regarde alors autour de soi, on se regarde. On se voit faire les gestes de sa propre perte. On enfile sa veste. On referme la porte. On fait les trois pas nécessaires. On attend que cela se passe.

J'avais compris. Le village courait déjà vers la forêt. Les pleurs montaient vers le ciel. Des lamentations comme s'il en pleuvait. Mon grand-père était mort, assis contre l'arbre au pied duquel nous avions parlé. A l'endroit même où il m'avait remis le sac. Ses yeux étaient restés ouverts, pris d'éblouissement, il écoutait grouiller les mille histoires de sa tribu. Je l'imaginais, saluant ses arbres tordus qui émergeaient lentement du brouillard, je murmurai les compliments qu'il aurait adressés aux fougères. Elé était mort au pied d'un bois vert, son dernier mot et le seul *"Makambo mimbalé na mokiri"*, dans la bogue de l'enfance, coule désormais comme dans la sève.

Cette mort me rappelait que j'allais moi aussi tomber en poussière comme un objet fragile projeté contre un mur, que mon œil qui imaginait encore des trouées lumineuses dans le ciel était condamné à s'user, à se fermer, à pourrir à son tour.

J'aurais bien donné mon âme, ma santé, et jusqu'à ma vie pour qu'il revienne. Personne n'osait le toucher. Personne. Mourir assis n'annonçait peut-être rien de bon pour le village. Les gens tremblaient. Mais moi, ce n'était pas pareil. Le vertige me tirait vers lui. Ça dansait autour de moi, chantait, criait aussi.

Subitement les cieux crevèrent. Mourir assis prend un autre sens lorsqu'il est accompagné par la pluie, signe de bénédiction : jusqu'à sa mort, mon grand-père était donc resté surhumainement bon et charitable. Chez nous, toute froide qu'elle est, la pluie court toujours après le départ de l'homme juste. Elle prépare la route devant le couchant, par-delà la montagne. La pluie est le langage universel permettant de passer de ce monde à l'autre. La pluie. L'arbre.

Ces feuilles, ces branches comme une couronne au-dessus de sa tête. Elé allait renaître ailleurs, il était devenu le bois.

J'ai cru, j'ai voulu croire, un temps, parce que j'étais alors jeune, insouciant, je ne savais pas du tout ce qu'est la mort, qu'en m'efforçant de garder les yeux tournés vers ces éclaircies qui semblent d'abord désigner un autre monde, on devait réussir à aborder sans douleur, sans rupture, à ce monde. Depuis que j'avais vu la mort d'un peu plus près, j'avais cessé de le croire. J'avais peur. En contemplant la dépouille de mon grand-père, j'étais comme quelqu'un qui, se penchant sur une fleur, voit un mamba vert lui sauter au visage, comme si, au départ rapide du serpent, restait plus indélébilement qu'aucune autre la fulgurance de la douleur. Imbécile que j'étais ! Avec une pareille candeur, je n'avais retenu de notre mystérieuse rencontre que le sac. Pas un instant, la pensée ne m'avait effleuré qu'à travers ce geste, c'était un adieu que me faisait Elé. Jamais, je n'aurais pu imaginer que ce bois de feu que tous craignaient aurait choisi un jeune homme inexpérimenté qui se représentait le monde d'après ses lectures. J'étais incapable de vivre ma propre vie, mon imagination travaillait toujours sur des images et des modèles étrangers. Je n'étais pas sorti des livres. A présent – trop tard, hélas ! – une infinité de détails du rituel me devenaient clairs. Tout se déroulait en moi en mille images pendant que, comme atteint par un coup en plein cœur, je m'appuyais contre un sisal, le souffle coupé, les jambes aussi raides que celles d'un mort.

Elé avait été enterré le lendemain dans un champ en friche. On avait placé entre ses mains une plume, symbole de l'éphémère. Tout s'était passé sans pleurs, sans cris, presque sans bruit, comme si la mort n'était qu'un sommeil qu'il fallait protéger, sans alerter sur son départ celui qui s'est endormi assis, couronné par des feuilles et des branches, comme si les funérailles n'étaient qu'une cérémonie ordinaire de la vie domestique.

On l'avait vite inhumé, alors que, chez les Fangs, il fallait bien attendre huit jours, voire davantage. On lui avait rendu les derniers honneurs dans le respect de la tradition que je découvrais pour l'occasion. En présence d'un griot et d'une trentaine de villageois qui avaient été ses patients, de mes frères, mes sœurs, de tous les cousins, oncles et tantes, on l'avait transporté dans un hamac, porté par les fossoyeurs au milieu du village, parmi les grands baobabs centenaires. Son corps était sans cercueil. Le bois ne retourne pas au bois. Il était enveloppé d'un linceul blanc. Seule l'accompagnait une rose trémière posée sur son cœur.

Son visage était celui d'un beau vieillard à l'expression sereine, éclairé par la lumière vacillante d'une torche dont la flamme multipliait les ombres, comme si chacun de nous était accompagné par son double.

J'avais tôt compris que la disparition du sac totémique avait précipité la cérémonie. Personne n'osait demander ce qu'il en était. Lala s'était approchée de moi, avait soulevé son chapeau de paille et avait posé sa main gauche sur mon épaule droite. Quand elle se tourna vers moi, elle tenait une boule de plumes dans la main qu'elle pressait nerveusement :

"Il aurait dû être enterré avec son sac, puisqu'il ne l'a donné à personne."

Je ne dis rien. Elle reprit :

"Dans ces conditions, il aurait mieux valu qu'on ne le retrouve jamais, que son corps soit mangé par les hyènes, qu'on ne retrouve pas le dernier de ses os. Son sac a disparu, le malheur s'est abattu sur le village orphelin. Il nous a vraiment volé le bébé encore couché dans l'herbe."

Elle reprit sa boule de plumes pour l'enfouir dans son grand cabas et me murmura à l'oreille : "Je ne suis même pas sûre qu'il soit mort. On dirait qu'il dort."

En vain m'efforçai-je de bavarder avec elle sur un ton léger, le tic-tac de mes tempes, l'affolement de mes nerfs me rappelaient trop à l'évidence ce que je voulais occulter. Aussi une brusque sécheresse survint dans mon gosier, comme s'il y couvait et fumait un incendie. Je voulais tout lui dire, à elle qui semblait déjà tout savoir.

Involontairement, mon regard s'était posé sur le mort comme s'il s'agissait d'un tableau. En fait, c'était la première fois que j'observais si nettement ses traits, car, chez les Fangs, on ne regarde pas dans les yeux un féticheur. Même quand on les regarde par hasard, la légende dit que le petit pli impatient de leurs sourcils se forme aussitôt, leurs yeux deviennent durs, les lèvres nerveuses, signe que le malheur s'abattra bientôt sur vous. A présent qu'il était là, les yeux fermés, je pouvais – j'ai d'ailleurs, en faisant cela, eu le sentiment de commettre un sacrilège, de tuer la tradition – tranquillement observer les ombres sous les yeux, les veines noires sur les tempes. Mais ce qui m'émouvait le plus, c'étaient ses mains croisées sur le linceul blanc, des mains veinées, longues, fines, aux doigts menus et effilés, des mains presque exsangues, juste assez fortes pour porter son sac et couper les lianes pour guérir les malades.

“Sac.” Un brusque frisson me secoua au bord de la fosse ouverte par ce mot qui me liait irrévocablement à lui. Il n’y avait plus de retour possible. J’avais pris le sac, je m’étais donné, je ne m’appartenais plus maintenant qu’Elé, l’arbre, renaissait ailleurs comme un bois vert.

J’avais l’impression de tricher, de trahir, du coup, les émotions de mes parents, des villageois, leur tristesse devenaient non seulement superflues mais déplacées, gênantes. Il y avait en moi quelque chose que je voulais endormir : la peur, peut-être la honte d’avoir enterré le sac au pied d’un oranger.

Un tourbillon m’aspirait, auquel je voulais céder pour être précipité dans la fosse en même temps qu’Elé, pour ne pas avoir à avouer que c’était à moi qu’il avait laissé la lourde charge de veiller sur le sommeil des vivants et des morts.

Le sac qu’il m’avait légué donnait un nom à mon nom, m’apprenait qui j’étais, me racontait mon histoire, m’explicitait les circonstances de ma naissance, me renseignait sur ma destinée, me reliait à mon double spirituel, me donnait pouvoir sur le village, me faisait planer sur les êtres, je pouvais à présent comprendre le langage des oiseaux et des choses muettes.

Du soir au matin, je m'interrogeais. Pourquoi était-il mort alors qu'il venait de me confier son sac ? Il était peut-être devenu le sac lui-même, celui que j'avais déjà enterré ; ne l'avais-je pas tué en le livrant à la poussière, à la boue ? Mais non, c'est absurde ! me dis-je l'instant d'après. Je revoyais l'émotion avec laquelle Elé m'avait pris la main ce matin frais, le visage éclairé de sérénité. Je me rassurais : la nature nous enseigne qu'au moment de faire un don, il faut consulter son cœur, que la charité cesse d'être une vertu si elle est faite au préjudice de devoirs plus sacrés et plus pressants. Il savait donc ce qu'il faisait. Situation effroyable, insoluble.

Tant qu'il était vivant, je me sentais libre, je m'appartenais, je ne devais rien à personne. Vint sa mort, et tout a changé : je me sentais poursuivi, assiégé. Troublé jusqu'au plus profond de mon être, je savais que jour et nuit quelqu'un me suivrait. Mes mains, ma bouche, mon âme, mes nuits, mes jours, mes sentiments, mes pensées et tous mes rêves, il les connaissait. Il s'était associé à ma vie, m'avait aspiré comme un souffle, avait coulé en moi comme la sève.

Toujours, que je sois éveillé ou endormi, il y avait désormais dans le monde un être qui vivait avec moi, pour moi, qui devenait mon double. Oui, chez nous, c'était ainsi : le féticheur qui meurt après avoir donné son savoir est le double de celui qui accepte son héritage.

La première poignée de latérite sur la dépouille dans la fosse m'avait conforté dans cette certitude : j'avais mon double en moi, je le portais avec moi, où que j'aille. J'étais lié à lui, je ne serais plus jamais moi-même, plus jamais libre et insouciant ; toujours je serais traqué, poursuivi, tenu à des devoirs, personne ne le savait, à part moi, ce secret ne devait pas être révélé sous peine de voir disparaître le sac.

Quelques mois plus tard mon grand-père me parlait, il avait surtout ce mouvement de la tête, comme s'il désignait l'horizon et tout ce qu'il y a derrière les collines. Cette image était restée en moi à mon réveil. Au reste, comme s'il avait voulu m'absoudre d'une faute impardonnable, il enveloppa sa posture de tout un discours où alternaient les paraboles et les sentences. C'était l'animisme, sa seule culture, mais il la possédait bien, s'en servait comme d'un répertoire de contes et d'apologues.

Des jours passèrent. J'allais à l'école tout pénétré de ces rares paroles. Je ne pouvais en saisir toute la signification mais je comprenais, à travers elles, que le monde n'était pas le monde, que le sacré était plus important que l'ordinaire. Je ne pouvais plus m'élancer, jouer, courir à perdre haleine, comme le faisaient les autres adolescents. J'étais devenu Obama, l'aigle à deux têtes, je me demandais où se cachait la deuxième tête de cet auguste rapace qui avait tété l'amertume et qui tutoyait le soleil. J'avais enterré le sac, et néanmoins je me croyais tout-puissant. Le soleil se levait sur chaque visage : enluminure magique d'un livre plein de formes et de secrets que nul ne savait voir, sauf moi. Ce pays était à moi, ces âmes, ces sept collines, ces arbres, ces gouffres entre les monts.

Avant même que je ne sois capable de penser, d'articuler des phrases, de composer à mon tour des apologues, des paraboles, je savais que, désormais, les esprits veillaient sur moi.

La sorcière me parlait avec des mots que je tentais de réinventer. Je l'entends encore, cette voix qui arrache des étincelles aux cailloux du chemin, qui fait peur aux villageois, leur fait dire qu'elle a tout pouvoir sur la nuit, non pas celle qui vient après le jour mais celle qui a un lien avec la nuit des temps.

Elle m'apprenait que la vérité d'un visage, c'est ce qu'il laisse deviner de l'âme, que les mots donnent des ailes et peuvent mener plus loin que la terre, qu'ils servent à autre chose qu'à nommer ce qui nous entoure, ce qu'on sent au-dedans de soi, qu'ils peuvent changer les objets du monde en choses immatérielles, que la méchanceté est un couteau autrement tranchant que l'acier, que derrière chaque symbole, il y a une idée, qu'il n'est pas besoin de vouloir donner un air d'éternité à ce qui passe.

Pendant qu'elle me parlait à l'heure où dorment mes frères, je surveillais la braise de tabac qui se mourait lentement dans la nuit, tache incertaine de lumière chaude, âme de sang, pensai-je, car depuis la mort d'Elé, je voyais, dans les choses de la réalité, les traces, les évocations des esprits.

Chaque soir après avoir rendu visite à Lala, je demandais à mon double de venir me parler, de mettre un sceau à mes lèvres pour que je garde le secret. Je le priais même de m'aider à faire mes devoirs. Curieusement, moi qui ne comprenais jamais rien en grec, j'amassais des félicitations. J'avais même découvert lors d'un exercice de thème que "chouette" venait de "choue", qu'en grec ancien elle signifie "sorcière", et qu'elle était persécutée par les autres oiseaux lorsqu'elle s'aventurait dehors en plein jour, ce qui expliquait qu'on disait encore, en ce temps-là, d'une personne crainte qu'elle était la chouette des autres. J'étais persuadé que mon double me donnait ainsi le vrai visage de la vieille dame : est accusé de sorcellerie celui qui s'aventure dans le plein jour des humains.

Impossible d'échapper à soi-même. Comprendre cette phrase est ce qui me manqua. Bien plus encore, la possibilité de me la formuler claire et nette. Sans doute ne voulais-je pas comprendre. Il y a une idée derrière chaque mot, chaque image. Cette parole me bouleversait, me retournait comme un gant. Dans le désordre que suscita en moi l'apparition du chat noir, qui annonce une conscience malheureuse, j'eus envie de tout avouer, de dire à la sorcière que j'avais le sac totémique, que je l'avais enfoui au pied d'un oranger, que fuir en France me consolait, car je me sentais incapable de porter une charge mal taillée pour moi.

Je me contentais de fumer la pipe, contemplais cette fumée qui s'élevait, qui flottait, sans aucun poids, telle la buée de notre respiration dans le froid, passant du gris au bleu à mesure qu'elle montait. Mes lèvres étaient scellées par Zame lui-même. Je quittai Lala pour m'adonner à la lecture, aux mots, les seuls confidents qui me restaient et qui me comprenaient. Le soir se refermait une fois de plus, repliait son aile pour le sommeil. Mais sans doute pensais-je : lire, lire, m'enfuir, partir au plus vite, tordre le cou à la sentence de la sorcière, vivre de bains de soleil, de promenades infinies, de repos, de voyages, d'aventures, d'air du large. Réaliser le rêve africain !

Un instant, les souvenirs m'apparaissaient pareils, allant et venant, circulant dans l'espace invisible de l'esprit. Ils traversaient mon cœur comme un glaive. Je me disais que ma vie n'avait été qu'une longue erreur, un aveuglement qui demandait à être exorcisés. Le désir de me traquer moi-même, la crainte d'être dupe ou de mauvaise foi m'avaient entraîné au-delà de moi-même, avaient cristallisé ou précipité la débâcle. C'était de nouveau l'histoire de la balance, dont j'aurais voulu rapprocher davantage ou même confondre les plateaux opposés.

J'étais en proie tout entier à ma fascination, happé par elle et le monde même. Je ne le voyais plus que déformé, défiguré par ces images de mon passé qui frappaient ma conscience comme si j'avais, trop longtemps, regardé un noir soleil.

C'était la loi des séries en somme. Tout avait semblé banal au commencement, avant de s'accélérer. J'avais rencontré l'inspecteur de philo qui m'avait lancé froidement : "Ne comptez pas sur moi pour augmenter votre note pédagogique, votre carrière sera bloquée pendant un certain temps !" Comme si ça ne suffisait pas, j'apprenais le décès de Lala. Elle symbolisait encore pour moi la présence de mon grand-père, le connaissait mieux que personne. Incapable de supporter plus longtemps notre séparation, Julia m'annonçait sa décision de me quitter. Ainsi, je me reprochais d'avoir aimé, d'avoir tenté d'être heureux, et de l'avoir tenté en vain.

D'emblée, à ce seul mot de "sac", comme à celui d'"oranger", s'est trouvé lié dans mon esprit un sentiment confus, mais très fort, de sacré. Ce mot se dressait quelque part, loin dans le temps, dans l'espace, tel un éléphant défendant les plus graves mystères, ceux de l'au-delà, ceux de la mort. Comme si je pouvais les oublier, il fallait écrire pour m'en imprégner. Ce mot : sac, toute mon enfance, toute ma vie, je ne concevais pas qu'il pût exister au pluriel et chaque fois qu'aujourd'hui encore je le prononce, c'est le même visage qui m'apparaît. On n'a qu'un père, qu'une mère, on ne peut avoir qu'un sac. Je n'en ai qu'un, en effet, aussi personnel, aussi singulier qu'un nom propre.

Comment avais-je pu chercher mon salut ailleurs, m'en détourner si longtemps ? Ce que j'avais à faire, n'avais-je pas à le faire depuis toujours ? Ce sac était ma propre histoire, mes racines refoulées. Il n'y a qu'une fuite peut-être, il n'y a qu'une peur. Nous fuyons tous la même chose ; nous ne voulons pas savoir que nous fuyons ; nous ne voulons pas savoir ce que nous fuyons.

Je ne serais jamais cet être de raison que le goût de la norme m'avait, pendant des années, fait souhaiter d'être. "La lumière est notre chemin", disait saint Augustin, mais la lumière, elle, ne surgissait pas pour moi de ces régions où j'aspirais à me tenir. Elle n'avait jamais été pour moi que cet affleurement au ras du plancher que mes yeux remplis de larmes étaient désormais incapables de saisir.

La vie en France m'était apparue impossible, je pris la décision de retourner en Afrique, de me réconcilier avec les morts. Je ne savais pas ce qui m'attendait là-bas, quelle douleur, quel désarroi, quand la bonde contenue pendant des années céderait, crèverait enfin, comme si, pour finir, je retournais à mon commencement. Détruits ou annulés tous les chaînons intermédiaires, il n'y avait plus devant moi que ce retour à une origine elle-même ruinée, et engloutie. S'il avait existé une voix pour envoyer un message dans le passé, afin de corriger le futur, c'eût été celle de ma terre.

Il y avait la perspective du voyage, cette rupture, si minime fût-elle. Mais il fallait y retourner, quelque chose m'attendait au pied de l'oranger.

Il faut laisser aller nos craintes, comme une mère son enfant devenu trop grand. Mon esprit était bien incapable de se rendre compte que ses ailes ne lui permettaient pas de voler aussi haut sans quelque ridicule, quelque tricherie. Retourner chez moi. Je m'étais interrompu sur cette pensée, comme le cheval qui bronche devant l'obstacle et recule. Puis, à tâtons, en plein désarroi, j'avais repensé que la plus haute prière me porterait au pied de l'oranger.

Longue et lente, la vie, comme un voyage, comme un livre soudain, tout s'accélère, à l'image de ce taxi-brousse qui fonce, se rapproche du but, ou comme ces livres encore dont, retrouvant la naïveté de l'enfance, on tourne plus fiévreusement les pages quand on approche du dénouement.

J'étais arrivé chez moi, personne ne m'attendait. Le village était à peine un village, plutôt un assemblage de planches ou de ruines, les habitants, vêtus de haillons sombres comme on n'en voit plus qu'aux figurants de films caricaturant l'Afrique, voûtés, ridés. Il y avait un enfant qui jouait dans la cour où le baobab, ombre et soleil, avait été abattu, où les racines profondes balisaient le chemin vers la forêt. Je lui avais parlé, sans qu'à peine il me réponde, à voix basse : je n'avais pas compris ce qu'il marmonnait, et n'avais osé lui demander de répéter. Je lui expliquai que, comme lui, j'avais habité là un jour.

J'avais revu ma mère. Rien de ce lent travail de sape de la misère n'était lisible dans son apparence, sur ses traits, dans son regard. Quand je me penchai vers elle pour l'embrasser, elle se souleva, son menton se mit à trembler, ses yeux se mouillèrent, elle resta une minute sans me parler, comme si une touffe d'émotion se nouait dans sa gorge, où sa voix restait prise. Les larmes qu'elle tentait de retenir se mirent alors à couler et, après avoir longtemps résisté, elle s'était soudain laissée tomber au fond de cette douleur qu'elle ne pouvait plus cacher, elle me dit avec une précipitation désespérée qu'elle était mal, qu'elle voulait que je le sache, qu'elle se sentait vide, triste, que les malheurs s'étaient abattus sur le village, que même l'herbe avait perdu de son éclat depuis que le soleil avait oublié cette terre.

Cette femme au corps amaigri, à l'esprit troublé par la maladie, le chagrin, esquissant rarement un sourire, retrouvant des ombres de souvenirs, restait assise chez elle, le dos tourné à la porte ouverte, au monde, à la lumière du soleil.

Elle ne savait pas compter jusqu'à un, ignorait la première lettre de l'alphabet, mais, à ses côtés, tout prenait plus de relief, comme on sort d'une opération de la vue, tout se rapprochait pour me convaincre que j'étais bien au monde et que le monde était bien autour de moi. Son nom même, Imah, prenait enfin son sens absolu. Certaines choses de ce monde qui avait été le mien, le nôtre, pendant presque toute notre vie m'étonnaient plus encore qu'elles ne l'avaient jamais fait, prenaient plus d'intensité, de présence, de chaleur aussi, comme une main qui se pose sur l'épaule et donne une légère poussée. Le retour à la terre : un apaisement, comme un oiseau se pose. Au risque de contredire ma prétendue sérénité, je devais encore me rappeler que ce retour signifiait pour ma mère l'amorce du printemps.

Arrivé là, je savais qu'il faudrait m'inventer un métier, une vie, ou un ange, comme personne jamais n'avait pu s'en inventer. J'avais écrit un livre, une limite pour l'esprit de ma mère, incapable de voir autre chose en celui qui vient d'Europe que l'argent, ballottée d'émerveillements en dégoûts. J'étais tenté de dire que s'exprimait en elle un langage involontaire, sans personne au-delà d'elle pour le lui souffler, pareil à ces exemples dont le maître d'école parsème son propos pour faire comprendre même aux enfants les plus obtus quelque chose d'essentiel : les nuages voyagent pour se charger d'eau que boiront ceux qui ne partent pas.

Je voulais que ma mère comprenne ce brusque changement en moi : à ses côtés, je me détournais désormais des apparences, comme si quelqu'un d'invisible me portait, me soulevait, une souple assise à laquelle je m'abandonnais. Il n'y aurait plus de distinction réelle entre le monde et moi. Non que le monde et moi soyons littéralement, matériellement confondus, restait le sentiment que la séparation avait fondu. J'étais, jusqu'alors, distinct de mes qualités, en ressaisissais le fil, éprouvais à la fois de l'exaltation et un enracinement dans le réel, alors que j'étais d'ordinaire tout ensemble préoccupé par l'image que les autres avaient de moi.

Je m'élevais enfin, mais sans perdre mon poids, en le retrouvant plutôt, ce n'était pas la pesanteur, mais la plénitude. En un mot, je connaissais une sérénité d'une nature si radieuse que le simple souvenir, plus tard, de cet état, suffisait à réveiller mon désir de vivre en dépit des bassesses du réel, en dépit des plus hauts obstacles et des pires échecs.

Avec ce mélange de gêne et de bonne volonté que l'on a toujours devant la misère ou la maladie, l'impression de ne pouvoir rien faire, j'essayai à mon tour de la réconforter, de lui donner courage. Je tentai aussi de l'interroger sur ce qu'elle éprouvait, elle me répondait que c'était une souffrance impossible à cerner, à communiquer, que l'on ne pouvait comprendre à moins de l'éprouver soi-même, une mélancolie profonde, une impression de vide, l'envie brusquement, la tentation de ne plus vivre. J'étais triste sans doute, inquiet de la voir ainsi, désespéré comme je l'aurais été si j'avais appris qu'elle avait un cancer, une maladie inguérissable.

Un accès de dépression sans doute accentué par le décès de Lala qui portait la mémoire du village. Elle avait été inhumée derrière sa case, le jour même. Chez nous, les sorciers, les féticheurs sont morts avant de mourir. Inutile de garder leur corps longtemps avec soi car cela empêche leur devenir en arbre, en fleur, en feuille, en fourmi, en nuage, en poussière. Je m'étais incliné sur sa tombe, un minuscule monticule de terre sèche qui s'élevait de quelques centimètres. Je l'imaginais là, nue, enroulée dans son linceul de féticheuse, me rappelant que les larmes sont peu de chose à l'heure où je reviens, où les pinsons ont fini de chanter, les charançons ont dévoré tous les bambous, les cases se sont effondrées, où maintenant qu'elle l'a déserté, le village lui-même n'a plus d'âme.

De longues heures passées à lui demander de m'éclairer sur le chemin qui mène à l'oranger. Toute la misère humaine, quand on la touche du doigt, est comme une bête qui inspire une répulsion qu'il faut que le cœur endure et surmonte, s'il le peut. J'avais le sentiment d'entrer au royaume des enfants de Cham. J'allais de surprise en surprise, avec toutefois cette sourde anxiété de ne jamais arriver au bout de mon voyage. La malédiction qui m'avait déjà frappé en Europe s'était abattue sur le village.

Sur les chemins, la boue m'apparaissait soudainement rouge et noire, la rivière un cloaque infesté de moustiques. Je ne connaissais plus la nature, je ne m'y reconnaissais plus. Il y avait en effet un oranger au bord de la rivière et j'avais creusé d'énormes trous à son pied. Mais je ne trouvais rien.

Il faisait chaud. Toute fleur qui s'ouvrait, on aurait dit qu'elle m'ouvrait les yeux. Mes poumons brûlaient. Mes tempes grondaient. La tristesse roulait dans mon cœur. En creusant, l'impression me vint que j'avais avalé du poison : mes entrailles s'enflammaient, je mourais de soif. Loin des oiseaux, des troupeaux, des insectes, des villageois, je m'étais mis à genoux, entouré de tendres brindilles, dans un brouillard d'après-midi tiède et vert. Le ciel était couvert, un orage éclata, chassant les nuages dans le ciel.

C'était pour moi le dernier jour. L'eau des bois engorgeait le chemin, le vent entraînait les trombes d'eau. Je pleurais. Le tonnerre obscurcissait le jour, j'étais un avorton chassé du paradis. Ma terre m'était devenue brutalement étrangère. Déchirante infortune, je maudissais la vie. J'avais prié mon grand-père de m'aider à me relever de ma chute, à retrouver ce sac. Je l'avais prié de me sortir de cet enfer dont j'avais moi-même ouvert les portes en enfouissant le trésor de ma tribu.

Au retour, je frottai mes semelles sur le décrottoir, renouant avec la mystérieuse volupté que, enfant, je ressentais à faire ce geste, la main droite appuyée, pour ne pas perdre l'équilibre, à la terre battue de la case. En allégeant mes souliers qui avaient traîné tout le jour dans la boue étrangère du monde, oublieux de l'élan avec lequel, au début de l'après-midi, j'avais franchi cette porte pour me rendre dans la forêt, je m'étais arraché à mon passé.

Je ne me rappelle pas – si ce n'est deux ou trois images précises qui se gravèrent en moi pour jamais , les événements exacts qui avaient décidé de mon départ pour la France, alors que j'étais encore adolescent, ces longs conciliabules, le soir, autour de la lampe-tempête dont la lueur ronde laissait le reste de la pièce dans l'ombre. Trop jeune, je n'avais pas compris à ce moment-là que se nouait le drame de mon identité.

Je me souviens de la honte dont je m'étais si vite débarrassé, celle d'abandonner les miens, de déserter ma terre. J'étais allé trop vite, comme si je voulais me délester d'un coup du poids d'une société qui fait de la culpabilité son viatique. Partir avait été pour moi une façon de fuir. Ce n'est que bien plus tard que je compris que l'exilé est par définition celui qui se tourne vers ce qu'il a vécu, non celui qui s'en détourne. Il est donc à l'origine presque esclave des événements, il est des choses auxquelles il naît.

Mon arrivée à Strasbourg m'était apparue comme un miroir tendu. L'Alsacien a le goût des autres, mais c'est aussi l'être le plus viscéralement attaché à sa terre. Comme d'autres, il sait que notre passé, notre formation, notre histoire, notre vie dans la société, notre situation morale, familiale pèsent certes sur chacun de nous, au point de nous suggérer de partir. Pas besoin de légendes, pour que les mots bondissent ainsi de colline en colline, à travers buissons et ravins, comme des traits de lumière dans la lumière, sans que le poids d'une seule pensée, l'ombre d'une seule appréhension les entravent.

J'avais trouvé Julia comme détachée, presque indifférente. Elle me remercia à peine de mes fleurs, ou alors avec un sourire à demi contraint. Mon illusion de renouer avec elle tomba d'un seul coup. "Qu'a-t-elle ? Que s'est-il passé ? Lui ai-je fait quelque chose ?" Je la questionnais, et rien, je sais bien, ne pouvait être plus maladroit que d'essayer de lire en elle, ou de lui répéter inlassablement : "Qu'as-tu ?" sans obtenir d'autre réponse jamais que : "Je n'ai rien. Je ne veux plus vivre avec toi, c'est tout", j'en étais crucifié, car avide de trouver en elle le radeau de mon salut.

Il y avait des trous, des silences, je me sentais comme empêtré en eux. Quelquefois, Julia était à peu près la seule à parler, mais je connaissais trop sa voix, ses inflexions, pour ne pas sentir que ses mots ne venaient pas spontanément : elle parlait pour donner le change. Mais donner le change sur quoi ? D'autres fois, c'était Julia qui restait silencieuse, morne, comme absorbée en elle-même, c'est moi qui parlais alors à un mur, avec la crispation anxieuse qu'elle me réclame ses clés. Je savais que la situation ne pouvait plus durer. Pour faciliter la séparation, j'allai jusqu'à demander ma mutation en région parisienne. Mais j'étais allé beaucoup trop vite, comme si je voulais me débarrasser d'un coup de ce malaise.

Les fuites ou les tristesses de Julia me bouleversaient. Je tremblais alors de n'avoir pas su garder mon amour de jeunesse, ou de l'avoir malgré moi déçu.

Je n'ai repensé que bien plus tard à ce sac, ce sac que j'avais alors négligé. Si tu ne crains pas Dieu, crains les choses, me disais-je. Vaudeville pathétique où les sentiments lcs plus acharnés se défiguraient. Longtemps j'avais refusé de le voir. Longtemps, j'avais refusé d'y jouer un rôle. Naïvement – avec, au cœur, un espoir obstiné –, implorant, qui ne se lassait de revenir à la charge, je demandais à Julia : "Tu viendras me voir à Paris si je m'y installe un jour ?" J'étais chaque fois décontenancé de ne pas surprendre dans sa réponse de cette tendresse que j'aurais tant voulu qu'elle y mette.

Je recommençai à rêver. Une fois ou deux mon grand-père m'apparut. Il y avait dans sa voix comme un reproche à mon égard. Il m'exhortait à revenir au pays, à chercher plus avant, à m'obstiner dans ma quête, à creuser là où il me l'indiquerait. Plusieurs jours après mon rêve commencèrent à se produire des choses étranges. Une bouteille vide, oubliée depuis quelque temps sur le rebord de la fenêtre, explosa. Je ne m'étais pas agenouillé ce jour-là, dans un geste de révérence, une attitude de prière ; simplement j'observais ces phénomènes avec effroi, incapable de les expliquer. La nature me parlait. On aurait cru néanmoins des paroles entendues, surprises en passant, et qui, en chercherait-on l'origine, se tairaient aussitôt.

Il y avait en moi des sensations si ténues que j'ai bien conscience que cela ne pouvait offrir de sens pour personne d'autre que moi. Je n'avais pas de vraie pensée, rien que des variations d'humeur, de moins en moins cohérentes ; rien que des morceaux, des bribes de vie, des apparences de pensées, des fragments sauvés d'une débâcle.

C'est à ce moment-là que je résolus de repartir en Afrique. Mais l'inquiétude, à laquelle l'espoir se mêlait encore, grandissait. Je n'étais pas allé au bout de mon histoire, au bout de moi-même. Il fallait revenir à ces intimes noces de la rêverie, de la mémoire qui, dès les premières heures, ce matin, tendaient – je l'avais senti, tout entier, m'irriguer – une source, tantôt limpide, tantôt sombre, la douleur même, ce pauvre sourire à demi crédule, sur les lèvres de mon grand-père, qui m'attendait là-bas.

Il avait suffi de cette sorte de rappel qui est un nom murmuré dans mon tréfonds et tout refluait par enchantement. Aucun sursaut, aucune révolte n'avait pu l'engloutir. Il m'apparaissait en songe, comme si je planais au-dessus des eaux troubles, laissant pourrir mon existence, banale, incomplète. Mais je me redis une fois encore qu'il ne faudrait pas se tourmenter avant le temps, se laisser hanter par ce qui n'est pas encore, si menaçant, imminent que cela puisse être.

Je retournai sur les terres de mon enfance. Il y avait tous ces repères qui m'avaient assuré le chemin. Ah ! que n'avais-je laissé des traces sur le monde, pour moi seul visibles, émouvantes, et lisibles. Il y avait en moi cet épervier au regard précis qui reconnaissait tout : chaque trait du paysage, chaque sentier, chaque jonchée de troncs d'arbres, chaque ornière.

Les villageois étaient venus à ma rencontre. Ils étaient précédés par des mules chargées de provisions, des chariots traînés par des bœufs, remplis de meubles, d'ustensiles, simples accessoires de la vie, ils avaient compris que le fils prodigue était de retour, qu'il fallait l'aider à se relever de la chute et à s'installer sur ses terres. Ils arrivaient de l'autre rive du marigot, parlaient la même langue, se plaignaient des mêmes maux.

En perpétuel dialogue avec moi-même ? Même pas. Je n'avais plus envie de réfléchir. Je laissais la nature opérer sa magie en moi. Des mots, des bribes de phrases, des signes affleuraient comme des brindilles, des herbes arrachées ou des bouchons de paille au fil de l'eau. Il me suffisait d'entendre un oiseau chanter sur le chemin qui dans ma mémoire menait à l'oranger pour que je me dise "Tiens, c'est par ici ? Ce doit être une fauvette qui m'indique ce que j'ai à faire." Cette même petite phrase accompagnait le défilé conjugué du paysage, de la rêverie et du souvenir, elle rythmait tant bien que mal mes pas.

J'avais jusqu'alors écrit dans l'abondance, dans la facilité, dans la joie, je n'écrirais plus désormais que dans la crispation, dans la contention ou dans l'angoisse. J'écrivais à la lueur de la bougie ou de la lampe à huile. Voici que le soir se referme, une fois de plus, replie son aile comme un linge qui refuserait de ne plus porter l'empreinte d'un visage, ni même d'une main. Je me sentais le devoir de le noter. Comme le griot faisait les comptes de la journée du féticheur : des heures disjointes, des moments et des mots épars, pour avoir touché de la main la vérité sans le savoir.

Je décidai de rester en Afrique le temps des vacances estivales. J'étais chez moi, traquais le moindre signe, guettais la moindre image me rappelant mon grand-père. Ces drames, cette mémoire qui paralysaient le monde me paralysèrent à mon tour. Si même j'arrivais à écrire une phrase, une dizaine, une vingtaine de lignes, au lieu d'en ressentir une impression de délivrance, qui naguère accompagnait toujours chez moi l'écriture, je commençais à m'interroger anxieusement sur la valeur de ce que je venais de créer et qui m'avait coûté tant de peine. Je me torturais à la pensée que je m'étais bercé d'illusions, que je n'avais jamais eu de don ; que, peut-être, je n'écrirais jamais plus. Toute spontanéité, tout élan s'étaient évanouis.

Il y a en chaque être un regard second. Mais le mien intervenait dans l'instant même qui suivait la naissance de l'émotion, ainsi les mots que j'avais sentis bouger en moi s'arrêtaient, comme figés dans mon esprit, dans ma gorge, par une impitoyable épingle. J'étais frappé pour jamais, non pas seulement de stérilité mais aussi d'une véritable paralysie d'écrire. J'étais noué, cloué, tous les chemins qui auraient pu me mener à moi-même m'étaient mystérieusement fermés par une série d'obstacles que je n'imaginais même pas renverser, tant ils collaient à ma chair telle une seconde peau.

On ne quitte pas sa terre.

La vie était si morne dans ce village relativement pauvre, que n'importe quel changement était le bienvenu, promettait une espèce d'aventure, une nouvelle enfance. Mon double m'avait demandé de me remettre en route. Le même enivrement chaque fois qu'il m'apparaît dans mon sommeil, le même profond et irrécusable sentiment de m'être perdu et de me retrouver. Les phrases qu'il me chuchotait suivaient un même rythme intérieur qu'il m'arrivait de répéter, une fois éveillé, sans m'en apercevoir : "Sauvé, sauvé, tu ne seras sauvé qu'en découvrant ce qu'il y a dans le sac." Il y avait dans ce dialogue avec mon double spirituel l'appréhension tout à la fois du bonheur et de la douleur, de la crispation et du lâcher-prise. Je n'en aurais jamais fini avec mes origines. Une nouvelle vie tout entière ne serait pas assez pour revivre celles-ci, que j'ai pourtant si peu, si mal vécues.

Rien de plus obscur que la lumière ! Voilà ce que j'avais envie de dire, mais peut-être était-ce une façon un peu brusque, un peu trop frappante de m'exprimer. Ce qui me surprend toujours c'est qu'on puisse croire avoir épuisé un paysage, compris un être, achevé une recherche quelle qu'elle soit. Les plus doux aspects de l'enfance, les plus apaisantes contrées, les lieux les plus discrets, les plus pauvres en événements, il suffit de peu de chose pour qu'on s'abreuve soudain de sa perpétuelle étrangeté, qu'on en comprenne la richesse, la source intarissable de redécouverte.

Il y avait plus de dix ans mourait Elé qui devait me léguer le sac le plus encombré d'énigmes. Avant de reprendre le chemin, j'avais pris un bain dans la rivière pour me débarrasser des dernières lenteurs de la nuit. Je me sentais lavé, purifié. En revenant ici je retrouvais toutes les choses fraîches de la vie dont j'avais perdu le goût depuis trop longtemps.

"Tu n'es pas seul, pas le seul." Il y avait la voix en moi comme un besoin hagard des autres, le désir d'être guidé sur le plus solitaire chemin, soutenu, peut-être, ou absous par une mystérieuse mémoire. Il y avait eu cette effraie voletant de branche en branche qui me précédait. Son hululement était un signe de reconnaissance. Ailleurs une voix ou un fantôme qui se levait d'entre la horde d'ombres m'entraînait je ne sais vers où, comme à l'écoute d'un appel perdu.

Seuls les arbres, les insectes, le vent, les feuilles m'accueillaient, gestes exécutés à tâtons pour rebâtir une maison. Au fond de moi quelque chose résistait, comme s'il fallait bien autre chose, qui ne me fut jamais donné, pour aller au-delà.

Je progressai dans la forêt dense. Une virée venteuse apporta soudain une odeur d'agrumes. Le parfum des résines poivrées, légèrement piquant, se mêlait à celui, plus frais, balsamique, des feuillages. Je humais cet air neuf à longs traits, m'emplissais les poumons : c'était à la fois une gourmandise et un bienfait. Je ne m'étais pas trop éloigné du village. Quelques hévéas se dressèrent bientôt, surprenants par le port de leur feuillage où le noir avait pris en masse, arbres de garde de peu de fantaisie, à cette heure réduits à leurs signes, ils installaient autour d'eux, toutes branches déployées, une défense impressionnante. L'ombre, d'un noir d'encre – si profond et si mat –, faisait paraître, par contraste, le ciel clair.

J'avançai en touchant les feuilles des arbres ou des plantes, moi qui avais tant ignoré la terre que je piétinais, attentif à leur appel. Cette alliance impromptue me rassurait. J'avais promené une feuille sous mon nez, avais fermé les yeux, la forêt se tenait là, au cœur du monde, miraculeuse, avec ses silhouettes hautes, sa lumière ombrée, ses étendues infinies. Cette odeur suscitait d'autres sensations, éveillant la mémoire et le désir de la marche, du vent humide sur le visage, du silence bruissant.

D'un seul coup, les parfums des troncs, du terreau, de l'humidité s'effacèrent. Des effluves d'oranger s'amplifièrent. L'oiseau s'était immobilisé. La lumière s'épanouissait, patine d'or clair, ultime générosité d'un soleil renaissant, tout à la fois allègre et cependant mal assuré de soutenir le défi des nuages qui, toute la matinée, s'efforçaient d'éteindre le ciel.

Je n'attendais rien de ma quête. De l'accomplissement du jour, seul, peut-être, pouvais-je espérer. Si je pouvais insister – la lumière, l'haleine du lieu – parfois, les yeux fermés j'entendais pousser la forêt, qui sait le temps, la vie même ? L'aigle contemplait enfin le soleil en face.

J'étais au pied de l'oranger. Tout s'était passé comme par magie. Les plus belles choses ne se donnent-elles pas d'elles-mêmes ? Je n'avais plus qu'à me baisser, à fouiller le sol pour toucher le sac. Mes mains tremblaient. J'étais touché par la grâce. Ma main se figea au moment de tirer la cordelette. Il me semble aujourd'hui impossible d'expliquer la profondeur de cet instant autrement que par ces noces lumineuses avec le monde. L'air était salubre. J'inspirai, demandai à la nature de devenir ma complice, car tout seul je ne pouvais rien.

J'ouvris le sac. Il était vide. J'étais anéanti !

Une évidence m'habitait : j'allais désormais vers une nudité de plus en plus accrue. Ce n'était pas un échec, une abdication, une continuité plutôt, un achèvement.

"Supprime le bruit de la raison." Cette parole qui me semblait dictée par mon grand-père, Elé, me ramenait, pas à pas, sur le chemin des choses, elle me révélait qu'ici même, entre deux touffes d'herbe, s'instaurait à nouveau, si j'y consentais, le grand ordre de l'universel.

Comment établir une vérité unique sur quoi que ce soit, quand un simple changement de distance, une modification de la lumière altèrent le monde que nous croyions le mieux connaître ?

S'il est vrai qu'à tout effort de compréhension, quel qu'il soit, résiste toujours une taie noire, je peux à présent penser que c'est justement par celle-ci qu'une lueur peut passer, un chant d'espérance s'élever. Je pouvais enfin nouer les fils de ma vie : le noir de mes origines au blanc de ma destinée.

Une végétation luxuriante couvrait les champs voisins, les manguiers offraient leurs fruits mûrs. Arrivé à grand-peine au pied de la tombe d'Elé, je me retournai, comme autrefois, embrassai encore d'un coup d'œil le paysage. Je m'étais assez contenu jusque-là, me bornant à murmurer à voix basse : Elé ! Elé ! Elé !

Je me relevai, ramassai une pierre qu'il avait peut-être touchée, coupai une branche d'un hibiscus voisin, la déposai sur sa tombe. Mes pieds se posèrent à l'endroit même où s'étaient posés ses pieds, j'en étais bien sûr cette fois, j'occupai dans l'espace la place que sa silhouette avait occupée.

J'étais en train de pleurer dans la cour lorsque je vis apparaître ma mère. Je ne sais comment elle m'avait vu. Elle vint s'asseoir à mes côtés, son chasse-mouche à la main.

— Ne pleure pas.

— Laisse-moi.

— Ne pleure pas, reprit-elle.

— Laisse-moi, je te dis.

Ses mots étaient pure dissonance. Je n'arrivais pas à en trouver la tonalité. Je dus m'obliger à attendre, afin que nos paroles ne se répercutent pas dans l'écho du jour. Nous étions assis tous les deux, les bras sur les genoux, nous regardant l'un l'autre. Il y avait une chèvre attachée aux racines d'un baobab. L'arbre était en fleur, le ciel était très beau et le soleil faisait de son mieux.

— Tu vois, mon fils, ton grand-père Elé est parti, Lala aussi. Mais pour moi la mort n'est rien à l'heure où tu reviens. J'imagine que tu es venu pleurer sur leur tombe.

— Non. Je suis venu saluer les vivants.

Elle fit "bien" de la tête et son regard se perdit dans l'espace. Un sourire heureux vint peu à peu à ses lèvres, naïf et confiant à la fois, à l'instant même où elle découvrait son fils à l'âge d'homme, prêt à gravir l'échelle de l'avenir. La tradition exige qu'on oublie tout, en particulier l'espoir de se souvenir.

Elle nous apprend aussi que quiconque gravit les sommets pour avoir des pensées plus pures est menacé de n'y trouver à la longue que le vide, peut-être même, excédé à la fin, de se retourner contre la pureté. J'étais désormais engagé dans les lieux les plus bas, à toucher la boue de mes mains, à renoncer à paraître.

Dans toute mon histoire, pleine de détours, d'ellipses, de repentirs, d'excuses, il est tout de même une chose certaine : dans ces moments où je me sentais de nouveau en contact avec une réalité qui, par la plénitude qu'elle m'insufflait, témoignait avec évidence qu'elle était plus satisfaisante, je savais trop bien avec quelle précipitation aujourd'hui on juge, quelle hâte l'on met à ne pas comprendre les choses dès qu'elles ne sont pas épelées. Je vivais un de ces moments privilégiés où la réalité me faisait signe. Imah finit par résumer tout cela par une formule saisissante et pas si fausse à bien y regarder :

— Chaque vie est une légende. A chacun d'écrire la sienne.

Phrase péremptoire, où je la retrouvai alors tout entière, brève et brusque, puisqu'elle ne pouvait se fonder encore que sur une intuition immédiate ; phrase dont j'aurais été moi-même incapable, par la faute de cet esprit de doute et de cette prudence dont je ne m'étais jamais défait. Phrase dont il me faut bien désormais reconnaître la justesse. Je ne sais pas ce qu'elle entendait au juste par “légende”. Sans doute ne le savait-elle pas elle-même, mais elle avait touché juste : la légende est bien ce qui est à lire.

Au fond, il ne m'aura peut-être manqué que la force et le courage de lâcher prise. Je n'ai su m'abandonner aux choses, aux êtres, aux éléments. Etre, tout simplement. Le temps d'un voyage, le temps d'une rêverie, pour que j'accède à cette tardive maturité. Un mythe inaccessible.

Le chant des choses ne pouvait que me hanter et me servir de modèle, puisque je n'avais pas encore appris la sagesse de ne parler qu'au plus près de ce que l'on a vécu, senti et compris. Il me semble pratiquer, ce faisant, un travail de réparation, à tous les sens du mot. Comme si le chant pouvait tout résoudre, quand bien même le tissu ne cesserait de se déchirer.

Je me surprends à espérer encore, à aimer, à souhaiter reconstruire ma vie avec une femme, à devenir père. Je vois enfin ma terre, le repos des morts est poussière à mes mains. Maintenant, dans ce dernier souffle de lumière, en hâte, mon cœur allume un feu doux. Apaisé, je le suis, je le sens, je le constate. Une modulation nouvelle est née dans ma voix, plus égale et plus assurée, mon pouls ne s'emballe plus, ma respiration est plus étale, plus calme. Comme par magie, l'œuvre au noir m'a allégé.

"Oui, *Alchimies*", disait le maître.

C'était hier.

OUVRAGE RÉALISÉ
PAR L'ATELIER GRAPHIQUE ACTES SUD
ACHEVÉ D'IMPRIMER
EN NOVEMBRE 2011
PAR L'IMPRIMERIE FLOCH
À MAYENNE
POUR LE COMPTE DES ÉDITIONS
ACTES SUD
LE MÉJAN
PLACE NINA-BERBEROVA
13200 ARLES

DÉPÔT LÉGAL
1re ÉDITION : FÉVRIER 2012

N° impr. : 81015
(Imprimé en France)